EMMANUEL
LE MAGNIFIQUE

DU MÊME AUTEUR

LA SAIGNÉE, Belfond, 1970.
COMME DES RATS, Grasset, 1980 et 2002.
FRIC-FRAC, Grasset, 1984.
LA MORT D'UN MINISTRE, Grasset, 1985.
COMMENT SE TUER SANS EN AVOIR L'AIR, La Table Ronde, 1987.
VIRGINIE Q., parodie de Marguerite Duras, Balland, 1988 (Prix de l'Insolent).
BERNARD PIVOT REÇOIT..., Balland, 1989; Grasset, 2001.
UBU PRÉSIDENT OU L'IMPOSTEUR, Bourin, 1990.
LES MIROBOLANTES AVENTURES DE FREGOLI, Bourin, 1991.
MURUROA MON AMOUR, parodie de Marguerite Duras, Lattès, 1996.
LE GROS SECRET, Calmann-Lévy, 1996.
LA BATAILLE, Grasset, 1997 (Grand Prix du roman de l'Académie française, Prix Goncourt et Literary Award 2000 de la Napoleonic Society of America).
IL NEIGEAIT, Grasset, 2000 (Prix Ciné roman-Carte Noire).
L'ABSENT, Grasset, 2003.
L'IDIOT DU VILLAGE, Grasset, 2005 (Prix Rabelais).
LE CHAT BOTTÉ, Grasset, 2006.
LA GRAMMAIRE EN S'AMUSANT, Grasset, 2007.
CHRONIQUE DU RÈGNE DE NICOLAS Ier, Grasset, 2008.
DEUXIÈME CHRONIQUE DU RÈGNE DE NICOLAS Ier, Grasset, 2009.
TROISIÈME CHRONIQUE DU RÈGNE DE NICOLAS Ier, Grasset, 2010.
QUATRIÈME CHRONIQUE DU RÈGNE DE NICOLAS Ier, Grasset, 2011.
CINQUIÈME CHRONIQUE DU RÈGNE DE NICOLAS Ier, Grasset, 2012.
TOMBEAU DE NICOLAS Ier ET AVÈNEMENT DE FRANÇOIS IV, Grasset, 2013.
LE MAÎTRE, Grasset, 2015 (Prix Palatine, Prix Montblanc de la ville de Genève).
FRANÇOIS LE PETIT, Grasset, 2016.
LE ROMAN DU CANARD, dans l'album LE CANARD ENCHAÎNÉ, 100 ans, Le Seuil, 2016.
CHRONIQUE D'UNE FIN DE RÈGNE, Grasset, 2017.
QUAND DIEU APPRENAIT LE DESSIN, Grasset, 2018.
LES AVENTURES DE MAI, Grasset, 2018.

(extrait)

PATRICK RAMBAUD
de l'académie Goncourt

EMMANUEL LE MAGNIFIQUE

Chronique d'un règne

BERNARD GRASSET
PARIS

Bande : Montage d'après : *Portrait du prince Balthazar Carlos*
Henri Charles Antoine (1816-1885) (d'après Diego Velazquez)
Photo © RMN-Grand Palais (musée du Louvre) / Jean-Gilles Berizzi

ISBN : 978-2-246-81539-6

À Tieu Hong, amore mio,

à M. Aldous Huxley, si proche,

à mon cher Henry Miller, si fraternel.

Les beaux jours

Chacun tourne en réalités
Autant qu'il peut ses propres songes :
L'homme est de glace aux vérités,
Il est de feu pour les mensonges.

La Fontaine
Le statuaire et la statue de Jupiter,
fable VI, livre neuvième

Chapitre Premier

L'ENFANCE D'UN CHEF. – VIVRE DANS LES ROMANS. – LA BARONNE D'AUZIÈRE. – DÉCOUVERTE DE LA SCÈNE. – LA MARQUE INDÉLÉBILE DES JÉSUITES. – COMMENT LE PRINCE FUT IMPRÉGNÉ PAR LEUR POLITIQUE. – MANETTE ET LES BIENFAITS DE L'ÂGE. – SES VIEUX MAÎTRES. – UN ADOLESCENT D'AUTREFOIS. – BRILLANT PARCOURS SCOLAIRE ET AMOURS CLANDESTINES. – « EN ROUTE ! »

Le Prince était solitaire et en même temps affable. Ainsi était-il fait. Il n'avait jamais été enfant. Il n'aimait guère ses congénères, trop simplistes et brutaux, même s'il participait à leurs jeux avec une belle humeur ; c'était sans doute pour ne point les blesser. Il préféra très tôt la compagnie des livres, autrement doux et vivants, et voyait dans une bibliothèque cette jungle qui réunissait à travers les temps tous les savoirs et tous les plaisirs. Le jeune Prince appréciait en silence la vie immobile d'Amiens, dans la confortable maison en briques de sa famille de médecins, rue Gaulthier-de-Rumilly, au cœur du paisible quartier d'Henriville. À deux ans, son père le surprit plusieurs fois avec à la main un volume tiré de ses rayons, comme s'il allait le lire mais où il se contentait de glisser entre les chapitres un crayon en guise de marque-pages; il l'avait vu faire chez ses parents; par cette singerie enfantine il savait déjà le culte des apparences. À trois ans, gamin blond aux boucles rebelles, enfoncé au creux d'un canapé brun, il feuilletait avec une attention furieuse les aventures de Titi et Grosminet. Deux ans plus tard il avait appris à lire et se perdait dans des bouquins affriolants qui lui offraient des voyages.

Récemment, une gazette du matin interrogea ses lecteurs pour connaître leur vigilance, et comment ils combattaient les addictions de leurs enfants à la marijuana, à l'alcool ou au smartphone. Nous avons retenu la réponse de Mme Annie G., une retraitée de Villebon-sur-Yvette :

> J'ai une petite fille de quatorze ans qui est accro à la lecture. Ça pourrait devenir un problème : elle y passe plus de trois heures par jour et lit parfois en cachette. On l'oblige à faire d'autres choses. Il faut lui dire stop.

Eh bien Notre Prince souffrait de ce même mal, boulimique des mots auxquels il conférait une sorte de vertu. Cette affreuse dépendance l'emmena loin. Ne l'entendit-on point avouer : «J'ai appris chez Colette ce qu'est un chat, ou une fleur, et chez Giono le vent froid de la Provence et la vérité des caractères»? Cette lamentable perversion semblait incurable, et le garçon s'identifia bientôt aux misérables héros des romanciers d'un siècle révolu. Ceux-là, ennuyés par leur province trop contenue, songeaient à fuir pour chercher fortune à Paris. En pensée, donc, Notre Prince quittait le Nogent de Frédéric Moreau ou le Verrières de Julien Sorel. À chaque fois, chez Flaubert, chez Stendhal, ces jeunes ambitieux séduisaient une femme mariée et en devenaient amoureux à s'en rendre malade. Dans *Le Rouge et le Noir*, Mme de Rênal était l'épouse du maire qui s'était enrichi dans le commerce du fer ; Julien étudiait la théologie et le latin, il devint le précepteur des enfants. Mme de Rênal, ancienne élève du Sacré-Cœur de Besançon, un couvent jésuite, se laissait courtiser par le jeune homme et semblait rajeunir à son contact. « Hélas ! lui répétait-elle, j'ai dix ans de plus que vous ! Comment pouvez-vous m'aimer ! » Cette idée l'opprimait et elle refusait les projets. « Ah ! si j'avais été plus jeune ! » soupirait Mme Arnoux dans *L'Éducation sentimentale*. Les deux femmes s'intéressaient néanmoins de près à cette émouvante proximité. « Mme de Rênal trouvait la plus douce des voluptés morales à instruire ainsi, dans une foule de petites choses, ce jeune homme rempli de génie, et qui était regardé par tout le monde comme devant un jour aller si loin. »

Le Prince avançant en âge et en lectures rencontra M. André Gide, un écrivain diabolique qui lui convenait au tempérament et lui soufflait habilement à l'oreille : « Les bourgeois honnêtes ne comprennent pas qu'on puisse être honnête autrement qu'eux. » Et ce maudit écrivain déroulait les preuves de ses dires tout au long des *Faux-Monnayeurs* où, encore une fois, un jeune garçon,

Vincent Molinier, se glisse dans le lit de lady Griffith, plus âgée et plus experte que lui : « Elle se penchait avec un instinct d'amante et de mère au-dessus de ce grand enfant qu'elle prenait à tâche de former. Elle en faisait son œuvre, sa statue. » Lilian Griffith, femme d'un Anglais demeuré en Angleterre, libre de ses envies et de ses humeurs, pouvait être franche avec ses amoureux et elle prévenait Vincent : « Ne va pas t'imaginer, parce que je me suis donnée à toi, que tu m'as conquise. Persuade-toi de ceci : j'abomine les médiocres et ne puis aimer qu'un vainqueur. Si tu veux de moi, que ce soit pour t'aider à vaincre. Mais si c'est pour te faire plaindre, consoler, dorloter... autant te le dire tout de suite : non, mon vieux Vincent, ce n'est pas moi qu'il te faut. » Plus loin dans le roman elle insistait : « Je veux bien jouer avec toi ; mais franc-jeu ; et, je t'en avertis, c'est pour te faire réussir. Je crois que tu peux devenir quelqu'un de très important, de considérable ; je sens en toi une grande intelligence et une grande force. Je veux t'aider. »

Quand le jeune Prince rencontra la baronne d'Auzière, elle avait vingt-quatre ans de plus que lui et des enfants de son âge. Et après ? Quelle importance ? Un quart de siècle séparait Mme de Staël de son jeune second mari, et Mme du Deffand tomba amoureuse d'Horace Walpole plus jeune qu'elle de vingt ans ; l'archéologue Max Mallowan avait quatorze ans de moins qu'Agatha Christie. L'épouse de Raymond Chandler était largement son aînée et Jean-Jacques Rousseau appelait *maman* Mme de Warens.

La baronne d'Auzière était une beauté de province telle qu'on en dénichait dans les romans, avec une frange blonde qui lui donnait un air déluré, et une charmante vulgarité que soulignaient des yeux coquins. Elle s'identifiait alors à Mme Bovary parce qu'il fallait bien rêver pour voler au loin, mais, ajoutait-elle aussitôt afin de corriger les mollesses de cette épouse de papier qui s'embêtait en Normandie, elle chantait le sombre Maupassant ou ce M. Baudelaire aux cheveux coupés en brosse et teints en vert, punk un siècle trop tôt, lequel plastronnait dans les salons littéraires pour qu'on le remarquât, mais nul ne prêtait attention à l'extravagant au coude posé sur la cheminée.

Mme d'Auzière était la fille d'un puissant confiseur des Hauts-de-France qui œuvrait depuis cinq générations et avait acquis la noblesse pâtissière, posant des armoiries gourmandes aux devantures de ses échoppes, macarons d'or sur fond de gueule. Comme la Mme de Rênal de Stendhal, elle étudia chez les religieuses du Sacré-Cœur, sans en avoir la stricte allure car plutôt vêtue à la mode au-dehors de l'école, c'était-à-dire en jupes courtes qui montraient les jambes ; vite mariée pour, croyait-elle, savourer son indépendance, elle suivit son bougre d'époux de banque en banque, car c'était son métier de remuer l'argent, puis un jour, comme elle était revenue en Picardie, elle découvrit les bienfaits d'enseigner et s'y jeta par vocation tardive, apprenant le français et le latin aux élèves bourgeois du lycée jésuite de la Providence, à Amiens, lesquels adoraient sa liberté de ton. Elle se mêla aussi de mise en scène puisque les jésuites, dès leurs premières écoles, poussaient le théâtre comme une nécessité afin de mieux comprendre le monde.

Là, elle croisa le destin du Prince.

À quinze ans, en classe de seconde, celui-ci sortait d'une courte période mystique et s'était fait baptiser sur le tard, mais il se consacrait désormais avec une même ferveur à la scène et à la littérature. Il espérait se lancer dans un roman épistolaire et baroque à propos des Incas ; appuyé sur les récits d'un voyage au Pérou de ses parents, il voulait raconter l'assassinat de cette civilisation par les conquistadores. Il y travaillait en secret mais n'en fut point satisfait. S'il mit certains dans la confidence de son projet, aucun ne put lui dire qu'on ne construisait pas une telle histoire sur un anachronisme : il était en effet impossible à quiconque d'imaginer l'Inca s'asseoir à une table de bureau pour écrire des lettres non postées qu'on découvrirait plus tard. Peut-on imaginer Anne d'Autriche composer le numéro de d'Artagnan sur son smartphone ? Peut-être en mode burlesque, comme Max Linder dans son *Étroit Mousquetaire*, mais le projet du Prince se refusait au comique.

Pour l'heure, il était doux, plaisant, excellait dans toutes les matières. À la fin de 1993, il tint le rôle-titre de *L'Épouvantail* d'après M. Jean Tardieu, au club de théâtre de la Providence qu'avait monté la baronne d'Auzière et où elle opérait. C'était un jeune garçon bien fait, mince, châtain clair, d'une physionomie assez agréable qui promettait beaucoup d'esprit et qui n'était pas trompeuse. L'esprit était orné ; beaucoup de lectures et de mémoire, le débit éloquent, naturel, choisi, facile, l'air ouvert et humble, de la grâce au maintien et à la parole toujours assaisonnée d'un sel fin, souvent piquant, et d'expressions mordantes qui frappaient par leur singularité, souvent par leur justesse. Toujours sur les échasses pour la morale, la plus rigide probité, le débit des sentences et des maximes. Toujours le maître de la conversation et souvent des compagnies qu'il avait choisies, relevées, et les meilleures. Il parlait beaucoup, et beaucoup trop, mais si agréablement qu'on le lui passait.

La baronne aborda le jeune homme en costume d'épouvantail que l'on venait d'applaudir :

– Vous voulez être écrivain, Emmanuel ?

– Oui Madame.

– Et vous aimez le théâtre, je l'ai compris en vous voyant si exalté en scène…

– Oui Madame.

– Eh bien j'ai une proposition à vous faire.

– Je vous écoute, Madame.

– Pour une prochaine représentation nous avons retenu *L'Art de la comédie* d'Eduardo De Filippo…

– Excellente idée.

– Oui, mais il y a un hic. Je voudrais que ma fille Laurence y ait un rôle.

– Bien sûr. Je connais Laurence…

– Or, dans cette pièce, il n'y a pas de rôle féminin.

– Ennuyeux, Madame.

– Et si nous écrivions ensemble une ou deux scènes supplémentaires qu'il s'agirait d'intercaler dans l'ensemble sans en changer l'esprit ?

– Cela semble possible.

L'association entre la baronne et le prince se noua ainsi. En dehors des heures de cours, ils construisirent une complicité d'abord intellectuelle qui dériva ensuite vers des liens plus profonds. Où qu'il fût, le Prince attirait à lui par ses manières policées et heureuses, mais avec la baronne, qui lui inspirait un vent de liberté, il y eut très vite un rapport d'égal à égal très plaisant. Entre-temps, notre prodige fut lauréat du concours général en français et obtint un prix de piano au conservatoire d'Amiens. L'aventure entre la maîtresse d'école et son élève se prolongea en se fortifiant. Cela se passait à la Providence, que les connaisseurs appelaient « La Pro », un ensemble scolaire du boulevard de Saint-Quentin, reconstruit au lendemain de la dernière guerre, terriblement jésuite, donc austère, qui sanctifiait le goût du travail, inscrit dans sa devise : « Être, agir, réussir, grandir. »

Les jésuites ont toujours construit leurs écoles comme des casernes. Ce sont le plus souvent des blocs gris et carrés, sans grâce, car la richesse ne se montre pas ; rien de pompeux dans la décoration, aucune joliesse, la force des discours supplantait l'architecture. Il s'agissait seulement de fabriquer des notables influents et actifs. Les jésuites rejetaient le désert et la voyante humilité des cisterciens, la bure des capucins, la robe blanche des dominicains : rien ne devait les distinguer des prêtres ordinaires. Aimables, jamais tristes, calmes, impassibles dans la bourrasque, les jésuites se contentaient d'observer et de séduire avec un talent secret pour le spectacle. Ils cherchaient simplement à ne pas être vus pour mieux se fondre dans la diversité, marins avec les marins, affligés avec les affligés, obéissants et disciplinés comme des soldats.

À quoi reconnaissait-on un jésuite ?

On ne le reconnaissait pas.

C'était sa force. Ces hommes en noir avaient un modèle, Ignace de Loyola, qui les avait inventés, un hidalgo raide, aux joues creuses d'un personnage du Greco. À cette image, la Compagnie de Jésus naquit comme un ordre militaire. Au Pays basque, le château de Loyola ressemblait à une ferme sévère en briques et en marbre. On n'y entendait pas de rires, on n'y vivait point dans la joie. Ignace aimait les armes mais il priait la Vierge avant un duel. Cotte de cuir, rapière au côté, il multipliait les frasques et penchait pour la gaudriole ; d'abord page à la cour du roi d'Aragon, il lisait *Amadis de Gaule* pour rêvasser, versifiait sur saint Pierre et regardait les dames, puis il entra à la cour du vieux roi de Navarre, région annexée à la Castille de Charles-Quint…

Quand les troupes de François Ier envahissent la Navarre en 1521, Ignace recrute des Basques et devient leur capitaine dans Pampelune assiégée. Fidèle jusqu'à l'abnégation, têtu, il refuse de capituler mais un boulet et les éboulis du rempart brisent sa jambe. Des chirurgiens français lui donnent les premiers soins avant de le renvoyer à Loyola où d'autres médecins lui recassent la jambe pour en ajuster les morceaux. C'en était fini des batailles, Ignace aura toujours une jambe plus courte que l'autre. Le convalescent réclame des romans de chevalerie. Il n'y en a pas. On lui donne à la place une vie des saints du dominicain Jacques de Voragine : cette *Légende dorée* est un catalogue des horreurs endurées par les saints du calendrier. Voici sainte Christine qui continue à parler après qu'on lui a arraché la langue, voici sainte Agathe roulée sur des charbons ardents, et les yeux enlevés de saint Léger, et saint Barthélemy écorché vif... Quand Ignace referme le livre, il sait. Il sera un saint.

Aussitôt il devient un ascète et il a des visions. Germaine de Foix, la dame de ses pensées, se confond à la Vierge et lui apparaît : « Ignace, dit-elle, tu vas lever une armée au nom de mon fils ! » Avant d'obéir, il s'habille en pèlerin à Montserrat et se consacre à Dieu. Où est-elle, l'armée qu'il doit lever ? Il la réunira à Salamanque et à Paris. Après mille péripéties, Ignace retourne à l'école. Pendant neuf ans il apprend le latin et la grammaire à Barcelone, et, poussant un bourricot chargé de livres, il arrive au Quartier latin en même temps que Maître François Rabelais. Il s'enferme au pouilleux et sévère collège de Montaigu et commence à persuader des Castillans, des Portugais, des Navarrais qu'il va commander.

Quand il compte six disciples convaincus par ses prêches, sûrs, dévoués, Ignace les réunit et leur annonce sur le ton d'un ordre sans appel :

– Venez, c'est le jour.
– Le jour de quoi ?
– Le jour où nous allons lancer *notre projet.*
– Nous te suivons, mais pour aller où ?
– Vous verrez bien. Allez ! *En marche* !

Ils s'en allèrent dans la campagne au-delà des murailles de Paris, grimpèrent la colline de Montmartre entre les vignes et les moulins. C'était le 15 août 1534 et il faisait chaud. Ils s'arrêtèrent à l'ombre d'une chapelle mais n'eurent pas le temps de s'y reposer :

– Descendons dans la crypte, dit Ignace.

Ils s'y retrouvèrent avec des mines de conspirateurs pour prêter un serment qui devait les lier jusqu'à la mort : à cet instant ils se constituèrent en une compagnie vouée à Jésus qui allait devenir une sorte de garde prétorienne au service de son représentant sur terre, le pape. Une première mission fut choisie d'emblée, celle de se rendre en pèlerinage sur le sol de la Palestine, si toutefois c'était possible, si une guerre n'éclatait pas, si le voyage n'était pas compromis par les attaques des pirates mauresques, mais, en cas d'empêchement, ils iraient à Rome se placer sous l'autorité du pape. Dès leur naissance, les jésuites étaient jésuites par nature et savaient à la seconde aménager leurs rêves. Et puis, avant de partir évangéliser le monde, il y avait bien des combats à mener en Europe contre les bandes de Luther qui se détachaient avec violence de l'Église et gagnaient du terrain.

Au milieu du XVIe siècle, les jésuites obéissaient comme des trouffions à leur supérieur nommé à vie, le général de leur ordre. En principe ils ne demandaient rien. On les appelait. Les villes leur demandèrent en effet d'ouvrir des collèges. Ils acceptèrent et, en peu de temps, voulurent obtenir le monopole pour instruire les élèves qu'ils choisissaient parmi les classes supérieures de la société, car les jésuites s'intéressèrent aussitôt aux dirigeants par le truchement de leur progéniture, ainsi devaient-ils acquérir de l'influence, tout en demeurant tapis dans l'ombre. Ils ne voulaient pas de titre ni de rang, mais peser sur les affaires en écoutant la confession des rois. Il fallait qu'il en fût ainsi car leurs visées auraient sans doute choqué le tout-venant. Leur société enseignante ne rejetait-elle pas le nationalisme au moment où les nations se formaient ? D'ailleurs on commença à moquer leurs pratiques en les qualifiant de tortueuses ; dans les années cinquante, à Lyon, courait cette histoire à leur propos : un père jésuite, très poli, demande son chemin à un passant, lequel lui répond : « Oh vous ne trouverez pas, mon père, c'est tout droit ! »

Les jésuites étaient *en même temps* autoritaires et bienveillants, familiers et distants, humbles et supérieurs, ni pour ni contre mais les deux à la fois. Cette méthode, ils l'éprouvèrent lors de leurs missions évangéliques autour de la planète. Quand ils voulurent installer Jésus en Chine, les jésuites ne brisèrent pas les idoles mais cherchèrent à les assimiler. Ainsi la déesse de la Miséricorde se fondit dans le culte de la Vierge Marie. Il ne faut pas blesser ceux qu'on veut convaincre. Il faut discuter en souriant, leur concéder des détails pour les acquérir à l'essentiel. Il y eut en retour cette même bienveillance entre l'empereur K'ang-hi et ce diable étranger de père Ricci, qui composa un monumental dictionnaire mandarin. En Chine, les jésuites portaient des noms chinois et s'habillaient comme leurs ouailles de haut niveau, d'une tunique brodée.

Quand ils ne pénétraient pas une civilisation millénaire, comme en Amérique latine, ils évoluaient en soldats avec une souplesse moindre. Ils commencèrent à créer des collèges et des universités que fréquentaient les fils de colons, mais ils refusaient de traiter les indigènes en serviteurs soumis. Des esclaves ? Pas question. Alors ils essaimèrent, implantèrent leurs missions hors des villes. Au Paraguay, le roi d'Espagne leur confia le sort des Guaranis qui vivaient dans la forêt. Les jésuites construisirent des villages pour les protéger des razzias et des soudards espagnols. Ils y avaient groupé des tribus nomades et, en leur attribuant des outils en fer, les changèrent en paysans. Ces villages étaient rationnels et géométriques, très militaires. La cloche sonnait à l'aube pour la première messe. On arrivait au collectivisme intégral en mêlant le temporel au spirituel. Les jésuites parlaient la langue des Indiens, ils montèrent une imprimerie, éditèrent des livres en guarani, jouaient des pièces de théâtre. Le mythe du bon sauvage naquit au Paraguay.

Quiconque a connu l'éducation jésuite, à moins de la décrier tout de suite, en reste marqué à vie. Si on ne croisait pas de soutanes dans les corridors de la

Providence, à Amiens, Notre Prince en conserva une façon de saisir le monde.

À l'âge où il connut la baronne d'Auzière, Notre Prince ne ressemblait déjà plus aux autres élèves qu'il côtoyait en classe ou dans la cour. Ses amours clandestines lui avaient fait sauter une étape pendant ses années de formation. Quand les autres étudiaient Tacite, la guerre de Cent Ans ou le théorème de Thalès, il figurait en grand-père sans même avoir été père. Il n'était pas isolé, non, car de trop joyeux caractère, mais il ne rentrait pas dans ces bandes normales qui reliaient les collégiens par affinités ; il ne partageait pas leurs rires un peu bécassons ni leurs confidences. Il semblait cependant s'adapter, mais comme le jésuite Ruiz de Montoya aux Indiens guaranis et restait en surface. De rares malveillants décelaient en lui une certaine duplicité, qu'importait, il ne savait partager les goûts des galopins de son âge. S'il avait des copains, il n'avait point d'amis véritables, ceux à qui on disait tout et confiait des espoirs ou révélait des chagrins. Le Prince était un adolescent d'autrefois. Ni fantasque ni turbulent, il continuait à préférer la Comédie de Picardie aux boîtes de nuit et aux concerts dans le vacarme où on serrait de près des jeunes filles dégourdies. Il n'avait aucun besoin d'amourettes, il était déjà fidèle à sa Juliette. Quant à la sérénade, il se repaissait de la musique des générations précédentes. Pour un anniversaire il reçut l'intégrale de M. Jacques

Brel, qu'il regrettait de ne pas avoir vu sur la scène de l'Olympia, quand il jouait ses propres chansons avec ses mains et ses dents seules éclairées sur un fond noir, enchaînant ses textes jusqu'à l'ovation finale. Ni M. Ferré qui aboyait *Le Chien* à la Mutualité, lui qui rapait déjà mais avec de vraies paroles. Le Prince se sentait proche de Camus et loin des programmes scolaires quand il répétait ses phrases sonores : « Au printemps, Tipasa est habitée par les dieux et les dieux parlent dans le soleil et l'odeur des absinthes… » Le Prince vivait dans une réalité différente. Il avait tout appris dès son âge le plus tendre auprès de Manette, sa grand-mère et sa complice qui lui récitait les fables de La Fontaine et le gavait des nocturnes de Chopin.

Elle était née dans les Pyrénées d'un père chef de gare et d'une mère femme de ménage, illettrée et battue. Leur fille avait quitté ce foyer brutal et était devenue enseignante puis directrice d'école. À la retraite, elle ne dirigeait plus que son petit-fils qui se comportait comme l'enfant unique qu'il n'était pas : chez elle, non loin de sa maison de famille, il avait trouvé l'île au trésor. Pendant les vacances, il la suivait dans la vallée de l'Adour. Quand il se fit baptiser, à douze ans, elle devint sa marraine. Elle protégea le couple réprouvé qu'il forma avec la baronne d'Auzière, qui commençait à faire jaser. Dans une petite ville où chacun se connaît, au moins de réputation, comment conserver cachée une telle liaison ? Certains remarquaient une œillade, d'autres les surprirent au fond du jardin. On se taisait mais on désapprouvait. Les gens soupiraient sur leur passage, il y eut des chuchotis pour nourrir les ragots. Afin de mettre un terme aux dangers de l'adultère qui venaient perturber une vie jusque-là sans vagues, le jeune Prince fut envoyé dans un lycée parisien, – ce qui éloigna les amants. Dans la capitale, le Prince n'était plus le premier de la classe. Il passait ses nuits dans une petite chambre sous les toits mais ramenait chaque week-end son linge sale à Amiens. Toute la semaine, la baronne et lui se téléphonaient; ils se retrouvaient en Picardie le dimanche, chez Manette.

Manette.

L'attirance du Prince pour les vieux venait d'elle.

Dans son *Art de vieillir*, M. Cowper Powys écrit : « L'avantage incontesté de la vieillesse sur les années de maturité et sur la jeunesse tient à l'imminence de la mort. Cela même qui apparemment lui vaut la commisération d'autres âges de la vie, moins menacés et du même coup moins éclairés, approfondit, accroît et renforce sa félicité. » Le Prince devinait ces choses par instinct et Manette le guidait. Voyons la vieille dame et le jeune homme sous la lampe, en train de feuilleter La Bruyère : « Un vieillard qui a vécu à la cour, qui a un grand sens et une mémoire fidèle, est un trésor inestimable; il est plein de faits et de maximes; l'on y trouve l'histoire du siècle revêtue de circonstances très curieuses, et qui ne se lisent nulle part, l'on y apprend des règles pour la conduite et pour les mœurs, qui sont toujours sûres, parce qu'elles sont fondées sur l'expérience. »

Regardez cette vieille, tordue sur sa canne à l'embout de caoutchouc, ou ce vieux qui avance à pas lents et glissés. S'ils observent de près le trottoir c'est que celui-ci présente sans cesse des embûches : ici il est en pente, là des dalles sont disjointes, on risque de s'y prendre le soulier et de s'étaler. Des passants qui marchent vite les bousculent cent fois. Ils sont bien obligés de rester stoïques, voilà tout ce qu'il leur reste, avec leur tête remplie de souvenirs, de mots et d'images. Leur vie matérielle s'est rétrécie mais ils se raccrochent à l'étrange proximité qu'ils ont encore avec les très jeunes gens qui viennent chercher en eux des oasis. Le Prince trouvait chez les vieux cette plaisante absence de rivalité. Il les enrobait de politesse sentie et d'égards. Il reprenait leurs expériences à son compte, accumulait des savoirs à leur insu et profitait de leur influence.

Ainsi Paul Ricœur.

À l'étonnement de ses condisciples, le Prince venait de manquer par deux fois son admission à l'École normale à laquelle il croyait tant. Cet échec répété fut sa chance. D'un mal sortit un bien. Le garçon dépité avait maintenant vingt ans et, avide de diplômes, il s'inscrivit en philosophie à la faculté de Nanterre pour se muscler la cervelle, à Sciences Po pour décortiquer la politique, au cours Florent pour approfondir sa connaissance du jeu théâtral. À Nanterre, son professeur d'Histoire lui demanda un jour :

– Emmanuel, vous avez lu Paul Ricœur ?

– Ah non, pas du tout. Vous me le conseillez ?

– Oui, bien sûr, mais ce n'est pas le sens de ma question. Voilà… Cet estimable penseur cherche un étudiant pour l'aider à classer ses archives. J'ai pensé que ça pourrait vous intéresser.

– Pourquoi pas ?

– Affaire conclue ! Je vais vous envoyer chez lui. Ah, une autre chose : il a quatre-vingt-six ans…

– Tant mieux.

Le Prince survola plusieurs ouvrages du penseur avant d'aller le visiter chez lui, à Châtenay-Malabry. Le vieux protestant, dans ses essais, faisait souvent écho à l'enseignement jésuite sans le savoir, ce qui fortifia les idées de Notre Prince, lequel devint son collaborateur puis son familier. Ils discutaient librement l'un et l'autre sur tout et sur rien. Qu'apprenait-on de si précieux chez le vieux philosophe ? Qu'il n'y a pas de vérité unique mais qu'il fallait accepter plusieurs interprétations en même temps. Qu'on devait s'adapter sans cesse à la réalité, laquelle est mouvante.

– C'est l'impermanence des choses, dit l'étudiant à son maître, comme chez les anciens taoïstes…

– Si vous voulez, répondit le professeur. Il faut d'abord capturer ce mouvement, considérer sa trajectoire, deviner où il mène. Il est imparfait mais ne doit pas nous paralyser…

– Ni nous effrayer.

– C'est ça, or la société, elle, est immobile, gelée dans le carcan des corporations et de leurs intérêts à vue courte. Pour avancer, il faut parler.

– Ou agir, non ?

– Oh là là ! l'action ! J'ai été incapable d'action et je le regrette.

– Vous, incapable ? reprit le flatteur.

– Incapable, oui, au lendemain des événements hirsutes du printemps 68, quand j'ai été un doyen chahuté de Nanterre… L'action, oui, voilà ce qui m'a manqué… (*il changea brusquement de sujet :*) Pour que la société respire, vous ne pensez pas qu'il faut moins d'État ?

– Hé ! professeur, on rejoint Jefferson qui le formulait clairement : le meilleur des gouvernements est celui qui gouverne le moins…

Par Ricœur il réfléchit en collaborant à des revues et rencontra un autre vieux protestant, M. Rocard, duc de Conflans, qui évoqua ses souvenirs et ses erreurs de Premier des ministres sous le rusé François III Mitterrand qui le détestait. Le Prince étudiait cet ancien favori devenu un réprouvé et en même temps une caution morale. Celui-ci se confiait avec un phrasé rocailleux et par saccades, ses idées s'égaraient souvent dans les modulations de sa voix, laquelle aurait mérité des sous-titres, mais avec lui la relation fut filiale et fructueuse.

Ce fut aussi le cas d'Henry Hermand.

À l'époque où se situait cette amitié neuve, le Prince achevait ses deux années à l'ENA, l'assurance-vie des futurs hauts fonctionnaires que l'État prenait soin de bichonner, et qui apprenaient à afficher une opinion définitive sur tous les sujets, des yaourts bulgares à la dérive des continents. Ses compagnons d'alors présentaient Notre Prince comme un garçon jovial, attentif aux autres et chaleureux, naturellement populaire.

Dans la promotion Senghor, à laquelle il appartenait, il fraya avec une bande de jeunes gens décidés et rebelles, parisiens pour la plupart et de gauche auxquels le Prince ne se mélangea pas trop, mais juste ce qu'il fallait pour tenir son rang. Ils travaillaient ensemble, sortaient beaucoup. Quand ils partirent un semestre à Strasbourg, ils fréquentèrent l'Académie de la bière ou le Bunny's bar tard dans la nuit. Le Prince était plus réservé et moins fêtard, mais il suivait le groupe et entonnait au micro du karaoké son répertoire conséquent de la variété française. L'appartement qu'il partageait au début, il l'abandonna vite pour recevoir la baronne en secret, car il se promenait entre l'Alsace, Amiens et Le Touquet où elle avait hérité d'une villa. Déjà, le Prince ne se reconnaissait pas dans la gauche débraillée ni dans la droite amidonnée. Les autres l'avaient surnommé *le philosophe* parce qu'il avait sans cesse un livre de M. Ricœur sous le bras.

Il continuait de sacrifier au culte des ancêtres, pourvu que ceux-ci fussent vivants. Alors il les séduisait avec ses manières de faux dilettante ; il s'appuyait sur eux pour avancer. Au lendemain d'un stage au Nigeria, dans ce trou perdu d'Abuja, il servit un temps auprès du préfet de l'Oise. C'est là, pendant une soirée à la Préfecture, que son supérieur lui présenta un vieux monsieur :

– M. Hermand, permettez-moi de vous confier un jeune énarque tout frais sorti de l'école… (*et au Prince :*) C'est un familier du duc de Conflans, M. Rocard.

– Ah ! je me sens moi aussi très proche du duc.

Ils discutèrent longuement avec facilité et brio, sur le mode enjoué, et une amitié se noua. M. Henry Hermand était un riche homme d'affaires, un chrétien, un mécène, résistant jadis, hostile aux colonies du temps où nous en avions. Hermand considéra ce garçon si sympathique et si brillant comme son fils, ils se virent souvent ; il l'invita même en vacances à Tanger, lui prêta de l'argent pour qu'il s'achetât un appartement et figura en témoin de son mariage au Touquet. Il posa avec les mariés, lui en cravate rose et elle en courte robe blanche. À partir de cette fête, elle perdit son titre de baronne et on ne l'appela plus que princesse. Le baron son ancien époux ? Il s'était volatilisé et on avait égaré sa trace ; le pauvre homme avait mal supporté tant d'inconduite dans son entourage, entre sa femme et ce freluquet ; il avait préféré disparaître.

Nous croyons savoir d'où venait le Prince. Voyons désormais où il allait, et comment.

Chapitre II

Les premiers pas du Prince. – Comment il frôle la politique. – Négociateur chez Rothschild. – Comment il assiste, au Château, à l'effondrement des partis. – Il va en tirer profit. – Il crée un mouvement et se met en marche sous les quolibets. – Premiers sermons. – M. Fillon ou la peur de manquer. – L'incongru M. Hamon. – Le ciel se dégage.

Comme il quitta l'École nationale d'administration à la troisième place sans trop d'effort, Notre Scintillant Jeune Prince choisit le meilleur tremplin, cette inspection générale des Finances au cœur du pouvoir. Le poste était aussi prestigieux qu'ingrat. Il s'assit derrière un bureau, et même avec un fauteuil pivotant doux aux fesses, l'euphorie n'était pas de mise. Il pensait parfois à un poème de circonstance de M. Rimbaud, *Les Assis*, récité par la voix chaude et narquoise de Léo Ferré, car la littérature lui revenait encore par bribes :

Oh ! ne les faites pas lever ! C'est le naufrage…
Ils surgissent, grondant comme des chats giflés,
Ouvrant lentement leurs omoplates, ô rage :
Tout leur pantalon bouffe à leurs reins boursouflés

Puis le mélodieux M. Ferré s'estompait : il fallait bien travailler. Le Prince compulsait la paperasse, les chiffres en colonnes, l'évaluation de telle ou telle politique, le contrôle des dépenses… Bâiller ou montrer sa fondamentale lassitude ne lui ressemblait pas. Ces quatre années qu'il devait à l'État au sortir de l'école, lui qui avait d'abord besoin d'agir, il les passerait, se disait-il, comme la suite nourrissante de ses études et exposerait son entrain inusable. Il appliquait avec précision les leçons acquises de la Compagnie de Jésus, souriant en permanence même accablé de travail, et il jouait de son charme auprès de quiconque l'approchait des sommets où il souhaitait s'installer. Il tenait un rôle. Il se sentait sur scène. S'il faisait mine de se passionner pour une tâche a priori assommante et peu artiste, l'action si désirée réclamait une part de spectacle. Il enjôlait le petit personnel, aimable avec tous, et drôle avec ça, débitant des blagues, sortant à l'occasion des répliques archiconnues et voyoutes de M. Audiard. Il intriguait. Il attirait à lui cette noblesse d'État qu'il fréquentait désormais et qu'il séduisait par son efficacité, comprenant tout et très vite, disponible jour et nuit car il dormait peu. Il côtoyait des aînés qui comptaient dans l'appareil et allaient l'aiguiller vers le haut, auxquels il devait se montrer indispensable. Il entra même dans une commission où des experts se penchaient sur la croissance et, côtoyant des industriels, des financiers, des écrivains même, il en profita pour étendre encore ses relations. Il devint ce brillant jeune homme dont on causait dans les antichambres, et peu importait le souverain d'alors puisque son trône était recouvert de velours. L'essentiel était pour le Prince de retenir l'attention en étant follement sympathique et pertinent par ses remarques ou ses trouvailles. Voici pourquoi, une fois achevé le temps obligatoire qu'il devait à l'État, il fit un écart pour s'aérer et se parfaire dans la société civile.

Il choisit une banque privée de renom.

Avenue de Messine, il conquit par sa conversation David de Rothschild qui l'avait reçu dans ses salons. « Ce garçon a du brio et de l'avenir », songea le fameux banquier ; une seule chose, un détail, le heurta :

– Mon cher Emmanuel, vous portez des chaussures marron...

– Eh bien oui, Monsieur.

– Cela va jurer terriblement avec votre nouvel uniforme de banquier, sombre, discret et sur mesure, comme à la City de Londres. Avec des chaussures marron, vous risquez de ressembler à un paysan endimanché...

– Il est facile d'y remédier.

– Donc, je vous embauche.

Sitôt dans la place, Notre Prince Vaillant apprit l'art de la négociation ; il apporta chez Rothschild des contrats difficiles et inespérés, jouant par exemple Nestlé contre Danone, il devint très vite gérant associé de la banque où il engrangeait des milliards. Comme d'habitude, il se sentait et de droite et de gauche. De droite car il répétait que pour être efficace il fallait connaître la grammaire des affaires ; de gauche car il déplorait le cynisme croissant du capitalisme, et son défaitisme affiché qui dépeignait une France fichue. À l'issue de cette expérience de trois ans, parce que la politique le démangeait, il rebondit vers de nouvelles aventures. Lesté de trois millions d'euros, avant l'impôt, il pourrait tenir quelque temps sans rien demander à personne. Le duc de Sablé, M. Fillon, lui avait proposé d'être son chef de cabinet, mais il avait refusé net. Non, il partit vers le Parti social qui préparait une élection primaire pour sa candidature au Trône. À l'époque, la coqueluche du pays était le duc de Washington, M. Strauss-Kahn, mais Notre Prince Perspicace lui en préféra un autre, nul en matière économique et qu'il pourrait conseiller, M. de la Corrèze, un politicien roué au bedon rassurant. Était-ce du flair ? Était-ce le hasard ?

Ni l'un ni l'autre.

Notre Prince Pétulant avait observé les concurrents et étudié leurs stratégies avec leurs comportements. Il préférait recourir à la logique. Que valaient ceux qui allaient s'affronter pour la première place ? Il calcula méthodiquement leur pouvoir de séduction. Le favori des foules, M. de Washington, lui sembla fragile, sautillant et peu sérieux quoi qu'on en pensât. Ses penchants au libertinage ne restaient point secrets, et qui l'avait rencontré apportait là-dessus son anecdote un brin salace, une main sur un genou dessous la table, un mot grivois un peu trop franc. Dans son milieu, il fallait être aveugle et sourd pour ignorer ses goûts et ses penchants. Même s'il parvenait, après un enchaînement de faux-semblants, jusqu'au Trône, jamais il ne saurait se débarrasser de ses travers, lesquels le feraient tomber un jour ou l'autre. Cela paraissait inéluctable. Avait-il seulement envie de régner aux dépens de sa liberté ? La suite prouvera que non.

Les autres ? Ils étaient trop sévèrement englués dans des idéologies rigides, manquaient de la souplesse requise, récitaient des credo. Seul M. de la Corrèze parut valable au Prince, par son ambivalence même ; il s'affichait de gauche quand il parlait de justice sociale, et de droite quand il s'agissait de bouger l'économie. Pendant dix ans à la tête du Parti social, il avait ménagé les extrêmes en voulant les souder afin qu'ils avançassent d'un même pas. En surface il y avait réussi. Sa physionomie ronde et cet embonpoint qu'il essayait de faire fondre, voilà qui réconfortait. Le Prince choisit de lui amener son expérience financière et ses idées.

Bouillonnant à cause de cette nouvelle marche gravie, le Prince réunit des spécialistes de la monnaie à *La Rotonde*, une brasserie de Montparnasse, pour élaborer le programme économique de M. de la Corrèze, qu'il vit souvent en tête à tête et qu'il comprenait de moins en moins. Celui-ci donnait raison au dernier qui lui parlait, eh bien, se disait le Prince, tâchons d'être ce dernier. Parfois, M. de la Corrèze penchait avec vigueur vers la gauche musclée, comme lors de ce célèbre meeting du Bourget où il se fit ovationner en proclamant : « Mon ennemi, c'est la finance ! » Le

Prince n'en prit point ombrage car il n'y voyait que de la pure démagogie, mais, lorsque le candidat proposa une taxe à 75 % sur les plus riches, le Prince faillit s'étouffer. Il s'en tira par une boutade flamboyante : « C'est Cuba sans le soleil ! » Le mot amusa le candidat qui trouva ce jeune homme direct, frais et culotté, tout ce qu'il n'était pas.

Et puis M. de Washington fut écarté de la course ; il avait été arrêté à New York pour mauvaises mœurs. M. de la Corrèze l'emporta placidement sur Nicolas-le-Mauvais dont plus personne ne voulait, lequel fut détrôné par ce champion du Parti social qui prit vite le surnom de François-le-Petit pour son irrésolution et son inactivité. Notre Prince Piaffant fut nommé au Château adjoint du secrétaire général et chargé des questions économiques. Son bureau du deuxième étage était exigu mais ensoleillé ; il y multiplia les projets, parla de compétition, de gestion publique, de mutation, de relève, d'actions à lancer. Le nouveau souverain semblait l'écouter avec curiosité. En réalité, il n'entendait personne. Autrui ne l'intéressait pas. La mort de Manette en fut la preuve désarmante. Un jour, selon les lois du grand âge, Manette disparut, la protectrice, la complice, la formatrice, la confidente chérie du Prince. Bouleversé à l'excès, il s'en ouvrit au Souverain qui ne réagit pas. Aucun mot de compassion, aucune sympathie, pas le moindre geste, pas la moindre compréhension. Le Prince Affligé en fut contrit puis furieux : « Ce type a un cœur de marbre ! Sous son air bonhomme il se moque même de ses proches ! A-t-on jamais vu semblable égoïsme ? Déjà il est invivable, hésitant, incapable de trancher, doucereux et foncièrement insensible ! »

Notre Prince démissionna sans réfléchir plus avant et sur-le-champ. « C'est donc ça, un homme politique ? Fuyons ce monde », pensa-t-il. Il songeait à créer une entreprise électronique, ou n'importe quoi d'autre pour fuir le Château où l'air était glacial. Un mois plus tard, retapant la villa du Touquet grâce aux gains de son passage chez Rothschild, le Prince reçut un coup de fil du Monarque :

– Emmanuel, je vais avoir besoin de vous.

– Ah bon ?

– Je voudrais que vous deveniez ministre de l'Économie.

– Diable !

– C'est oui ou c'est non ?

– Laissez-moi réfléchir…

– Soit, mais vite. Comme vous le savez, M. de Montebourg, cet insolent, a été remercié et son poste est vacant ; il ne peut le rester trop longtemps.

– J'aurai la liberté d'agir ?

– Évidemment.

– Combien de temps m'accordez-vous ?

– Une heure, répondit François-le-Petit.

L'affaire fut conclue en une heure et le Prince, après l'accord de la Princesse Brigitte qui était *de facto* embarquée, devint le plus jeune ministre de l'Économie, pour quoi on le disait compétent.

Le Prince Emmanuel était maintenant ministre. Il s'installa satisfait au palais en béton de Bercy. Son bureau donnait sur la Seine qu'il contempla par la baie vitrée. C'était au Moyen-Âge la première voie marchande de la capitale. Il la considéra avec les yeux de Victor Hugo, imaginant le profil de la tour de Nesle et la pagaille des embarcations et des barges qui débarquaient sur les rives des tonneaux de vin et du blé pour les boulangers, des troupeaux, des voyageurs. Il songeait à cette agitation perpétuelle et fébrile. Cela grouillait sur les talus herbeux jusque vers l'eau brune du fleuve ; des mariniers, des portefaix, des meneurs de charrettes et de haquets surchargés de victuailles ou de tissus. Il se pensa en vigie à la bonne place et fit de son poste d'observation un symbole ; il se sentit pousser les ailes d'un ange.

Il dut vite revenir sur terre et lancer dans l'immédiat les mesures qu'on attendait de sa supposée expérience. Pour cela, il puisa sans retenue dans les propositions qu'il avait accumulées au long de son bref parcours, à la commission sur la croissance, surtout, dont il avait été le rapporteur. Il préconisa ainsi des remèdes pour soigner nos finances souffreteuses. Certains furent mis en avant et subirent de vertes critiques mais qu'importait, il partirait en personne à l'Assemblée afin d'évangéliser les députés turbulents ; il leur opposerait ses vues avec une conviction forte, il saurait les convaincre que leurs amendements ne devaient point affadir l'esprit de sa loi. Il y eut en effet quatre-vingt-deux heures de débat pour éplucher ses cent deux articles. Seuls les plus emblématiques firent du bruit dans l'opinion ; pour s'en moquer parfois, comme son vœu de développer les voyages en autocar qui permettraient aux moins fortunés de se déplacer ; pour s'en indigner aussi, comme ce travail du dimanche qui sembla passer de travers chez les défenseurs du repos obligatoire, qu'ils allassent à la messe ou non en ce Jour du Seigneur écrit dans la Genèse, ou bien à la sieste sur canapé après un repas familial trop arrosé.

Le Prince fit quand même réussir la loi qui porta son nom, édulcorée sur des détails mais encore vivace ; il ne pardonna cependant point au duc d'Évry, le Premier des ministres, M. Valls, d'avoir dû utiliser une mesure légale mais déshonorante pour imposer le vote en coupant les discussions : le Prince aurait aimé convaincre les récalcitrants avec son seul verbe et l'emporter par son talent oratoire. Hé ! Le travail du dimanche n'était pas un tabou, on pouvait négocier, ouvrir les boutiques pour des millions de flâneurs et de touristes désœuvrés ce jour-là, lesquels erraient dans des quartiers déserts. Tous avaient à y gagner, et foin des principes ! Les centres commerciaux des gares ou des zones touristiques allaient tourner à plein régime, les travailleurs du week-end, étudiants en majorité, seraient mieux rétribués... Les fédérations du commerce appuyaient le ministre et des syndicats négociaient. Si les Galeries Lafayette ouvraient, cela créerait cinq cents emplois, et le chiffre d'affaires se hausserait de 7 %. Des accords étaient en vue. Le

Printemps, le Bon Marché allaient suivre l'exemple du Bazar de la rue de Rivoli, ouvert sept jours sur sept avec des employés volontaires.

Le Bazar de l'Hôtel-de-Ville avait ouvert ses portes un dimanche à onze heures du matin. Interrogée, une visiteuse de Gibraltar trouva dommage que cet exemple ne fût pas imité par l'ensemble des boutiques parisiennes, ce que pensait également cette dame venue de Charenton pour dégotter en urgence un cadeau : « La semaine je n'ai pas le temps, le samedi il y a foule, le dimanche c'est plus tranquille. »

Sitôt acceptée la loi sur la croissance et l'activité le Prince s'impatienta : « Nous devons continuer à réformer le marché du travail ! » Le temps réservé au labeur ? Il pouvait se discuter dans chaque entreprise, affirmait-il. Il ajoutait que le marché était trop réglementé et qu'il en sortait paralysé. François-le-Balourd allait-il le pousser dans ce sens, ou se cantonnerait-il aux habitudes et aux calculs de sa roupillante politique ? Était-il courageux ? Non. Il était décourageant. Toutefois, le Prince avançait pour ne point se décevoir quand le Monarque élu piétinait, et sa renommée de battant enflait dans la population. Montré jeune et actif, voire activiste, il bénéficiait de la curiosité des uns et de la ferveur des autres.

Parce que des collègues jaloux le priaient de ralentir ses réformes, le Prince accélérait comme un forcené. Il se savait populaire car différent, et il en jouait. Ce fut à cette époque qu'il se mit à ressembler fortement à M. Boris Vian, même frimousse allongée et tout en angles, cheveux courts et les yeux bleus du romantique qu'il n'était qu'à moitié. Les critiques ne le touchaient point. Son ministère débordait sur les autres et il avait ses raisons. Quand il donnait son avis à propos de la crise grecque, que gérait aux Finances son voisin du sixième étage, le massif M. Sapin au crâne nu comme un genou, il balaya d'un geste las ses remontrances. L'autre persiflait pourtant : « Il faut parfois calmer la fougue de la jeunesse… » disait-il. Le jour où, croisant dans un corridor le ministre du Travail, celui-ci lui glissa à l'oreille que la défense des travailleurs, c'était lui et lui seul qui s'en chargeait ; le Prince en souriant lui répondit plus tard sur son portable : « Excuse-moi, ma poule. » La gauche rigide du Parti social le rangeait parmi les soutiens des patrons, même s'il se fâcha avec quelques sommités du patronat qui jugeaient de traviole ses interventions dans leurs affaires. Il fonçait et ses adversaires dénigraient ses maigres résultats : non, les autocars lâchés sur nos routes n'avaient pas créé dix mille emplois mais dix fois moins, les bénéfices des boutiques qui ouvraient le dimanche étaient difficiles à évaluer, mais cela confortait sa volonté de mener ses réformes de front et en bataillons serrés. Au palais de Bercy, à l'abri de son bureau, il constatait de haut que les partis politiques traditionnels, se succédant depuis trop longtemps au pouvoir, étaient entrés en décomposition. Ils n'avaient plus d'idées neuves et leurs forces s'étaient étiolées. Ils ne faisaient plus rêver. Il devenait urgent de les remplacer. Par quoi ? Par qui ? Des ministres lucides savaient qu'à la prochaine élection au Trône, François-le-Mou serait laminé, et ils tournicotaient, inquiets de l'avenir. Le Prince n'avait-il pas ses chances ? Les avis étaient partagés chez les professionnels de la politique. L'un d'eux était catégorique : « Emmanuel est un phénomène politique. Il est brillant et singulier, mais il a aussi un côté enfantin et arrogant qui peut le rendre imprudent. » Ou cet autre qui expertisait : « Où va-t-il trouver cinq cents signatures pour se présenter aux suffrages ? Et avec quelle machine électorale ? » Un dirigeant social expliquait, le doigt en l'air : « Il va apprendre que, dans ce vieux pays qui s'appelle la France, on ne peut pas être élu souverain sans appareil politique fort, ni ressorts importants dans les territoires. Bref, il n'a ni moyens ni troupes. » Et le Prince, toujours goguenard, répondait sans faiblir : « Vous êtes enfoncés dans l'Ancien Monde ! Voyez comment *Podemos* a mis au rencart le Parti social espagnol, comment *Cinq étoiles*, un mouvement lancé par un comique au nez rouge, a laminé la droite italienne, comment le milliardaire Trump a été le vainqueur du parti vieillot qui fut obligé de le soutenir… » Un ministre du gouvernement n'était pas convaincu : « Pour faire de la politique, disait-il, il faut représenter une catégorie sociale, mais quand on représente les banquiers d'affaires et la *French Tech*, on ne fait pas carrière ! » Qui parlait de s'encroûter dans une carrière ? Le Prince, à ce moment, lança un mouvement à partir de rien, il le nomma *En marche* puisqu'il n'était plus question de dormir sur le talus mais d'avancer d'un bon pas. Ses troupes ? Il allait les recruter par écran interposé et ne demanderait pas un sou à ceux et celles qui avaient envie de le rejoindre, lui, jeune et dynamique, pour ressusciter la politique mais autrement. François-le-Lambin en fut soucieux mais son ministre de l'Économie le calma aussitôt : « C'est juste un courant nouveau et non une trahison. Pas de soucis, Votre Majesté, je ne vous trahirai jamais. » Le Monarque enfariné se répandit alentour : « J'ai confiance en Emmanuel. Après tout, s'il s'active au palais de Bercy, il me le doit ! » Fort de cette certitude, le Souverain retourna à sa sieste.

Pendant ce temps, le Prince Véloce groupa autour de lui ses premiers disciples à la façon de Loyola au Quartier latin, et il ordonna : « Lève-toi et marche avec moi ! » Et chacun se leva. Et chacun le suivit.

Cette période flottante ne dura pas. Les apôtres du Prince, qui chantaient le renouveau, avaient pour la plupart un âge avancé. Le premier de cette cohorte des convaincus qui ne pouvaient en rien devenir les concurrents du prince, le duc de Lyon, M. Collomb, converti depuis des mois quand il l'avait entendu prêcher devant les Jeunes Sociaux à Léognan, s'approcha et lui dit enfin :

– Seigneur, nous ne pouvons demeurer dans l'incertain. Tu ne peux rester ministre et nous montrer la voie ! La troupe de tes marcheurs constitue déjà une multitude, sur les écrans et sur les routes, où ils recueillent les doléances du peuple, les désirs de chacun qui vont nous orienter…

– Tu as raison, dit le Prince épanoui, puis il poursuivit son chemin bousculé.

Il sortait, on le reconnut au théâtre, il recevait dans son palais de Bercy des artistes guillerets et des philosophes ronchons que rameutait la Princesse, il écoutait, il souriait, il serrait des mains, fignolait en même temps son image familiale dans les gazettes, comme celle-ci, à la une d'un hebdomadaire très couru où il posait à côté de la Princesse Brigitte sous un titre flatteur mais prématuré : *Ensemble sur la route du pouvoir.*

Au printemps, déjà, le Prince s'était affranchi de son Suzerain en affirmant dans le Dauphiné qu'il n'était point son obligé, ce qui fit grincer au Château. Aujourd'hui, un mardi de septembre 2016, il monta à Bercy dans une vedette fluviale qui le mena vers le Château pour y rencontrer François-l'Abasourdi.

– Sire, commença-t-il, au ministère je ne peux aller comme je le souhaitais. Il y a une impuissance collective à agir, dont je sens l'inertie. Je veux me consacrer à mon mouvement.

– Ton mouvement ! C'est bien gentil, Emmanuel, mais tu dois t'occuper pleinement de ton rôle de ministre. En décembre, je déciderai ou non de me présenter aux élections primaires, que j'ai hélas approuvées, et jusque-là j'ai besoin de toi...

– Quatre mois, c'est long.

– Tu es dedans ou dehors ? Tu ne peux pas être à la fois ni dedans ni dehors !

– Je suis dehors, Sire. Je m'en vais.

Très ému par cette défection de celui qu'il tenait jusque-là pour son fils adopté, François-le-Réprouvé ravala sa salive et resta muet. Le Prince continua son pèlerinage en province. Le lendemain de sa démission, il était dans la Marne et fut l'étoile de la foire de Châlons. Sa visite provoqua une frénésie. Les badauds le prenaient en photo, les gazetiers enjambaient des étals et se bousculaient pour un cliché ou pour un mot. Le Prince mijota cinq heures parmi cette foule qui le pressait d'encouragements. Une femme lui dit : « On votera pour vous ! » Son voisin cria : « Foncez ! Foncez ! On vous soutiendra ! » Un vieux lui lança : « Allez-y ! Y'en a marre des vieux ! » Le Prince ne dévoila aucunement ses intentions, il écoutait et affirma : « Je suis venu pour être au contact avec une France rurale en difficulté, pour entendre la vraie vie. Il n'y aura pas d'annonce. » La cohue dura cinq heures. Il croisa même un postulant au trône, le duc de Sablé, M. Fillon, qui lui jeta au passage : « Bienvenue au club ! » comme si sa candidature était évidente. « Je suis là pour écouter », répétait le Prince apaisé et soucieux d'être apaisant. Il refusa d'apporter la moindre proposition aux agriculteurs en colère contre son ancien gouvernement. Il se montrait, voilà tout, estimait les besoins et notait les envies.

Fervents, les apôtres se retrouvèrent aux côtés du Prince dans une brasserie proche de l'Assemblée, pour débroussailler son programme immédiat. Il n'avait qu'à valider ses déplacements dans les régions où il devait prêcher pour rassembler le plus possible de fidèles et les enthousiasmer par sa présence. Au reste, ses discours devaient être optimistes et évoquer le radieux d'un avenir promis, en égarant au passage les sujets de polémique, comme le terrorisme ou les travailleurs pauvres. Le cadet des apôtres, M. Castaner, duc de Forcalquier, se pencha pour émettre un avis :

– Seigneur, tu dois rencontrer des notables du Parti social qui sont au bord de te soutenir, afin qu'ils basculent en ta faveur...

– Beaucoup d'entre eux basculeront, homme de peu de foi !

– Sans doute, mais il faut durcir nos arguments.

– Ménage-toi plutôt une demi-journée par semaine pour travailler ton intellect, voilà de quoi nous avons besoin. Quant à moi, je prendrai le temps d'écrire sur la société.

– Seigneur, reprit en chevrotant un vieux sénateur de la Côte d'Or, nous devons organiser l'occupation du territoire. Le temps nous est compté.

– C'est-à-dire ?

– Lançons nos marcheurs, notre structure est encore faible...

– Tu en as recensé combien ?

– Un peu plus de huit mille.

– Et tu n'as pas d'implantation dans les départements comme tes adversaires, ajouta M. Collomb, duc de Lyon. N'es-tu pas trop pressé ? Ne veux-tu pas d'abord conquérir une ville...

– Pffft ! Je bénéficie d'un courant de sympathie. C'est là qu'il faut agir.

Des comités s'improvisèrent, se consolidèrent, se coordonnèrent, et le Prince courut les villages et les routes. Des images persistaient de cette période, ou un peu avant, un peu après, mais tellement significatives. Il fut à Orléans pour célébrer la fête de Jeanne d'Arc, laquelle libéra cette cité médiévale des infects Grands-Bretons. Sa posture fut éloquente à son insu. Notre Prince dut assister au défilé. Il regarda avancer au pas de son cheval de cirque une jeune fille aux joues roses, coiffée au bol comme Ringo Starr, guindée par le fer-blanc de son armure, et qui figurait l'héroïne du jour. Il était monté sur une estrade, très à l'aise, très naturel pour présider la cérémonie, un peu raidi par le protocole dans un large fauteuil qui préfigurait un trône. Ensuite il exposa la situation présente pour évoquer Jeanne en termes à peine voilés : « Elle est née dans une France déchirée, coupée en deux, agitée par une guerre sans fin. Elle a rassemblé des soldats de toutes origines… » Chacun songeait à notre pays actuel, coupé entre la droite et la gauche comme entre les Armagnacs et les Bourguignons de la guerre de Cent Ans finissante. Et Jeanne n'avait-elle pas regroupé des marcheurs de toutes les régions, toutes les coteries, âges, métiers, générations ? Ne s'étaient-ils pas mis en marche ? Le Prince vantait la force d'entraînement des héros de notre Histoire ; il regrettait qu'un roman ne mît pas en place ces grandes figures, ainsi que le fit M. Michelet au XIXe siècle, et avec lui tant d'écrivains qui inventèrent

Jeanne d'Arc parmi d'autres modèles à suivre. Ces jalons manquaient, il nous fallait des guides exemplaires, des chromos gravés dans nos mémoires depuis l'école primaire, la barbe fleurie de Charlemagne, le faste de Versailles, Bonaparte au pont d'Arcole.

Le Prince déclamait un texte écrit, debout derrière le micro, enveloppé des notables du Loiret comme d'une cour. Par sa gestuelle et par son phrasé, on avait l'impression d'entendre un roi. N'avait-il point dit que les Français regrettaient d'avoir guillotiné Louis XVI ? Que même en République ils avaient l'âme monarchique et respectaient l'apparat, que l'Être suprême de Robespierre prolongeait d'anciennes cérémonies de la Couronne ? Pour conforter le consensus qu'il sentait nécessaire, au lendemain de sa démission du palais de Bercy, on remarqua que le *ni gauche ni droite* des débuts s'adoucit pour ne heurter personne en un *et gauche et droite* qui collait mieux à l'esprit jésuite.

La droite politique était encore tenace, sentant venir son heure d'accéder au Château, grâce aux bienfaits coutumiers de l'alternance. Ces professionnels étaient moqueurs et perplexes. Ils n'entendaient pas ce nouveau catéchisme qu'appelait le Prince. L'ambiguïté régnait. Où situer le Prince ? Ceux qui avaient autrefois lu des livres citaient le cardinal de Retz : « Il y a des temps où il faut souvent changer de parti si l'on veut rester fidèle à ses opinions. » La citation permettait à celui qui en usait de montrer un vernis de culture sans correspondre à la réalité. Le Prince avait dès lors installé un autre clivage entre progressistes et conservateurs. Certains sujets divisaient au sein des familles idéologiques et y plantaient le désaccord, alors on opposait les partisans de l'ouverture et ceux du repli. Bref, le paysage traditionnel s'effilochait. Les gens de droite, très identifiés pour l'instant, évoquaient le crépuscule du Parti social et du règne de François-le-Minuscule. Quelques-uns riaient du bilan catastrophique du Prince auprès d'un monarque décrié. Un sénateur des Hauts-de-Seine se gaussait des excellents sondages du Prince et les comparait à d'autres, très flatteurs dans les années soixante-dix, dont se réclamait le lilliputien marquis de Jobert qui se volatilisa peu après : « Celui-là aussi se disait ailleurs, plaisantait méchamment le sénateur, et il l'était tellement, ailleurs, qu'il n'a pas trouvé un seul électeur ! Votre prétendant, il n'est peut-être ni à droite ni à gauche, mais surtout il n'a ni projet ni bilan ! Lancer des compagnies de bus sur les routes secondaires, ça ne fait pas de vous un homme d'État ! » En écho, le Prince avait déjà répondu : « Si l'on veut réussir, on ne peut pas faire les choses à moitié et malheureusement, on a fait beaucoup de choses à moitié. »

Certains se rassuraient en rejetant le trublion vers le centre du jeu, où penchaient le duc de Bordeaux et son vieil ami le duc de Pau, M. Bayrou, qui se soutenaient l'un l'autre.

M. Juppé, duc de Bordeaux, était depuis deux ans présenté par les spécialistes de la loterie électorale comme l'évident vainqueur de la course au Trône. Son indéfectible lieutenant, duc du Havre, le longiforme Édouard Philippe, se distingua avec une analyse courte mais catégorique : le Foudroyant Jeune Homme était issu d'un gouvernement de gauche qui le marquait ; combien de partisans pouvait-il bien dérober à M. Juppé ? Peu, trop peu. Il paraissait donc sans danger, même s'il risquait de mordre sur les électeurs de M. Bayrou et du centre historique que celui-ci portait en fanion. La marquise de Sarnez, attachée au duc de Pau, en rajoutait sur les ambitions personnelles du Prince, trop éclatantes, et qui déplairaient aux Français. Il y avait cependant un hiatus dans ce chœur, un ancien ministre du roi Chirac affirma que le Prince pouvait incarner le renouveau.

L'aventure débuta le 16 novembre 2016, quand le paysage s'éclaircit soudain. Pour délivrer la bonne parole de son évangile, et se donner un genre mieux populaire, le Prince avait décidé d'investir à Bobigny une espèce d'entrepôt aux poutrelles métalliques qui ressemblait à un atelier d'usine. La mise en scène était soignée, purement visuelle et contestable puisqu'on avait chassé des lieux les apprentis qui en semaine y travaillaient ; on les avait relégués tout au fond, derrière des vitres, comme des pestiférés. Ceux qui avaient une vue d'ensemble voyaient ces jeunes réprouvés tournicoter comme des âmes en peine, privés de l'événement dont ils n'avaient que le son par des haut-parleurs. La salle était remplie des seuls gazetiers, lesquels tendaient leurs micros et leurs objectifs. Ils allaient glaner un visage et des paroles avant de les distribuer dans le pays entier et même à l'étranger, de l'Allemagne à la Chine.

Le prétendant espéré entra vite, en costume anthracite et cravate noire. Il grimpa sur le podium bricolé, se posta en chaire et annonça avec des phrases rapides, sans fioritures, sans improvisations, sans ces longueurs auxquelles il nous avait accoutumés, qu'il se présentait en effet à l'élection au Trône, seul avec son parti virtuel et quelques apôtres. C'était l'essentiel. Chacun en parut satisfait et les nombreux gazetiers reprirent le brouhaha en échangeant leurs pauvres commentaires :

– Le Prince va-t-il participer à une primaire ?

– Il déteste ces élections bâtardes, dit son voisin.

– Je vois. Une primaire c'est pour se choisir un chef et lui il veut être le chef, sans filtre, sans acclamation des partisans les plus outrés.

– Qui va le suivre ? risqua un perplexe.

– Il y a six mois j'étais allé le voir par curiosité à la Mutualité… dit un réjoui.

– Par curiosité, et non par conviction !

– Peut-être, mais la salle était bondée et deux mille autres curieux étaient restés dehors ! Quand même, il a une sacrée popularité !

– Il était ministre et a fait un speech sur l'économie, pas vrai ?

– Pas du tout, il a parlé d'éducation ou d'écologie. Le public était ravi.

– Aujourd'hui, pas de bain de foule. Où s'est-il donc éclipsé ?

Le Prince était à la basilique de Saint-Denis ; il se recueillait devant les tombeaux des rois de France.

Le Prince avait établi un constat clairvoyant. Ni le Parti impérial ni le Parti social n'avaient de chef, ou trop de chefs qui se détestaient entre eux, ce qui revenait au même. On dut donc recourir à une méthode américaine pour en dégager un. Ce fut le Parti impérial qui commença le périlleux exercice des primaires. Parmi les candidats, on dénombrait un ancien souverain et deux chefs de gouvernement cuits et recuits. Les militants qui devaient les départager étaient les plus persuadés, donc les plus à droite de ce parti de droite. Il y avait aussi chez eux une envie d'éliminer ceux qui avaient trop connu le pouvoir pour un résultat médiocre, les trop âgés comme le duc de Bordeaux, les trop gueulards comme Nicolas-le-Fripon. Tous deux furent jetés aux oubliettes. Au deuxième tour du scrutin resta le duc de Sablé, M. Fillon, à la surprise générale.

Celui-ci l'emporta en ramassant 66,5 % des voix.

Pourquoi diantre ?

Un mouvement spontané criait de dégager les anciens mais épargna le duc de Sablé dont on ne voulait retenir que l'honnêteté. Il avait déjà servi et depuis son jeune âge mais si peu ; sous le règne de Nicolas-le-Nerveux, exubérant, il avait été invisible. M. Fillon se présentait alors comme un saint homme, avec un sourire navré face aux malheurs d'autrui ; il entendait corriger les hommes de leur légèreté en parfait directeur de conscience. Ajoutez à ces vénérables sentiments qu'il n'avait pas un mot qui fâchait tant il était avare du verbe, taiseux, renfrogné, compatissant par religion, tempétueux cependant mais rentré au-dedans. Les remontrances ne passaient chez lui que par éclairs dans son regard broussailleux et dénué d'expression autre. Il ne vivait point en ermite à l'abri du monde mais dans un monde à sa mesure ; il avait toujours servi en second un seul maître à la fois, humble, dévoué, taciturne, obéissant ; il ressemblait au chien qu'on chasse mais qui revient vers son écuelle parce qu'il a un creux au ventre. Le dévot M. Fillon craignait avant tout de manquer. Il amassait, comptait ses sous. Il vivait dans un château à tourelle qu'il avait acquis dans la Sarthe et avait fière allure, mais il devait trimer pour entretenir ses toitures pentues et n'y invitait point à des festins. Des manants du voisinage se chargeaient de la besogne agricole et lui versaient une dîme sur les produits qu'ils cultivaient et qui venaient de ses terres ; cela semblait juste au duc de Sablé qui lâchait sans un sourire : « Je ne prendrai jamais une décision contraire à la dignité humaine. »

Le duc avait entrepris de redresser la France malgré les Français. Il s'y était essayé à maintes reprises, au gré de ses postes, mais en vain, à chaque fois contrarié au-dessus de lui. Il songeait qu'un jour il réussirait et, pour ne rien négliger, s'en allait souvent prier chez les bénédictins de l'abbaye de Solesmes qui jouxtait son domaine ruineux de la Sarthe. Ce catholique solitaire n'oubliait pas le scoutisme de sa jeunesse, quand il était chef de meute, et il espérait entraîner le peuple en lui présentant des mesures amères ; cela n'avait pas bon goût mais c'était pour le bien commun, ainsi que l'huile de foie de morue qu'on avale en rêvant à un champagne. Ses idées purgatives risquaient de mettre en fuite n'importe quel individu normalement constitué, par bonheur le duc de Sablé connaissait les électeurs, lesquels ne lisaient jamais les programmes des candidats, trop longs, trop rébarbatifs, ne se fiant qu'à la couleur de la casaque et au nom de l'écurie, sinon ils auraient appris comment le duc entendait les manger. D'abord ils travailleraient trente-neuf heures par semaine pour le salaire de trente-cinq, leurs frais de santé courants seraient financés par les mutuelles qui, invariablement, augmenteraient les cotisations mais allégeraient d'autant le budget de la Sécurité sociale ; on mettrait ensuite au rebut cinq cent mille fonctionnaires, quand les hôpitaux, les écoles, la police et la justice en manquaient. Ce menu ne pouvait allécher que des masochistes estampillés.

Dès qu'il eut gagné sa première bataille, au lieu de repartir illico en campagne, le duc de Sablé disparut pendant quinze jours aux sports d'hiver sans prévenir personne.

Le Prince s'amusa fort du programme repoussant d'un Parti impérial consterné qui menaçait d'éclater en cent colères. Devant ses apôtres, il montra sa joie :

– Je vous le dis, les institutions politiques de notre pays sont vermoulues, un seul termite et elles s'effondrent !

– Les événements nous servent, Emmanuel, lui répondit le très vieux M. Hermand qui le soutenait toujours et fermement.

– Tous les partis, anciens comme neufs, vont finir par s'émietter, sauf notre mouvement !

Comme pendant ses sermons publics, devant des foules de plus en plus nombreuses et ferventes, il leva les yeux au plafond qui figurait le ciel, ouvrit les bras en croix et s'égosilla dans les dernières syllabes à s'en casser la voix.

– Bientôt, dit un apôtre qui étudiait un calendrier, nous saurons qui le Parti social va nous opposer.

– Et si François-le-Mou se représentait ?

– Il serait battu, affirma le Prince.

– Et le duc d'Évry, M. Valls, dont les idées sont si proches des tiennes ?

– Battu aussi. Primo il est loyal à en crever, secundo jamais un Premier ministre sortant n'a été choisi.

– Et le duc de Frangy, M. Montebourg, il a de l'allant et des formules persuasives...

– Où irait-il, à la tête d'un groupuscule ?

– Tu ne crains donc personne, Seigneur ? dit l'un des apôtres avec une pointe d'inquiétude.

– Personne. Tous ces partis vont exploser. Ils ne peuvent cajoler que les déjà convaincus. Ils ne peuvent pas rassembler au-delà. Ils sont morts.

– Même Mlle de Montretout et son Front populiste qu'on donne placée au deuxième tour du scrutin ?

– Même. Celui qui l'affrontera sera le large vainqueur, et à lui le Trône !

Ensuite tout se précipita.

Le 1er décembre fut le jour exceptionnel où François-l'Indécis prit une décision. On le vit dans son bureau qui parla aux fenestrons, raide, isolé, pour vanter son action à la tête du pays. La courbe du chômage s'inversait enfin comme il l'avait promis, mais trop tard, et il avait accumulé les bourdes et les déconvenues ces derniers temps. Son rival fétiche, Nicolas-le-Bouillant, venait d'être chassé par les siens. Le Premier de ses ministres le décourageait en lorgnant son poste. En outre, il s'était confié au long de son règne à deux gazetiers qui publièrent plus tôt que prévu ses confessions, où il bavardait jusqu'à l'imprudence, sortant de la réserve imposée à son rang, et cela provoqua une tempête de critiques acerbes contre lui. Et voici maintenant que le Prince Emmanuel, un garçon qu'il croyait avoir façonné à partir de rien, qui lui devait tout, venait de déclarer sa volonté d'entrer dans la compétition avant même qu'il en fût sorti...

Alors il annonça d'une voix neutre, comme par inadvertance, qu'il ne briguerait point un deuxième mandat. À partir de ce moment il n'exista plus. On ne lui demanda plus son avis, on se détourna, le téléphone ne sonna plus. Il voyagea pour se distraire, fit semblant de sourire au Mali, au Chili, au Portugal, à Malte, mais on le devinait désabusé jusque dans ses plaisanteries de circonstance. Quand un cuisinier fort étoilé l'invita, au château de Versailles, pour inaugurer son nouveau restaurant, François-les-Babines goûta des plats qui étaient servis à Louis XIV, lequel chipotait, mais lui gardait un bel appétit en apparence. Après avoir englouti les crèmes et les desserts, il visita de nuit la chambre du roi et la galerie des Glaces déserte, mais il saisissait que le vrai fantôme du château c'était lui et il en fut contrarié. Il eut une dernière pique mouchetée devant des ouvriers bretons à propos du club de balle-au-pied de Guingamp : « On aime les petits qui se battent, les petits vaillants, les petits qui font rêver, ceux qui montrent que c'est possible, qui cherchent à créer la surprise... » Disant ces mots il visait le Prince. Il n'avait rien compris à la stratégie subtile et en même temps brutale des jésuites. Il se mit à errer.

La primaire du Parti social passa comme un songe. Les joutes durèrent peu, trois courtes semaines, et elles laissèrent le public indifférent. Le duc d'Évry était parti en tête mais il paya ses accès d'autorité du temps où il était chef du gouvernement de François-l'Assoupi. À Strasbourg, un mécontent l'aspergea de farine et à Lamballe, tandis qu'il serrait fébrilement quelques mains, un jeune homme lui donna une gifle. Son entourage minimisa l'agression en expliquant que ce jeune homme était un autonomiste breton, qu'il abusait des stupéfiants, qu'il avait déjà cogné sur des supporters gallois à Dinard. On ne retint de saillant que ces violences. Des gazetiers rappelèrent les antécédents de la claque sur la joue du duc d'Évry ; le roi Chirac avait reçu un crachat à Mantes-la-Jolie, le duc de Ré, M. Jospin, s'était fait asperger de ketchup à Rennes, le Prince lui-même, tout récemment, avait reçu un œuf devant la Poste de Montreuil. Quoi qu'il en fût, l'ancien Premier des ministres restait sur la défensive.

Il fut glorieusement vaincu au second tour par un M. Benoît Hamon surgi de nulle part et sur lequel bien peu avaient misé.

M. Hamon avait le visage froissé d'un poussin qui découvre le monde en sortant de sa coquille. C'était un oiseau à poil ras quoique ébouriffé, élevé au grain dans la basse-cour du Parti social. Il s'était acquis la jeunesse partisane, sur le flanc gauche de la gauche, et ainsi porté dans l'appareil, côtoya à l'usure les sommets. On l'appelait Benoît-de-la-Lune pour ses accents romantiques quand il espérait changer la vie quotidienne des moins lotis en usant de recettes ancestrales demeurées utopiques. Il avait longtemps calculé les avantages et les inconvénients des multiples courants si disparates de son parti, lesquels n'arrivaient jamais à se réunir en fleuve, mais il ne possédait point l'art si nécessaire du compromis et s'amarrait avec rudesse à des vieilleries qu'il tentait de ressusciter. Ses positions abruptes pouvaient choquer des oreilles plus conformistes mais il n'hésitait jamais, par exemple, à réclamer au fenestron la liberté de fumer du cannabis, un produit euphorisant venu du *Peace and Love* pour finir au Colorado par le *Pognon-Pognon*. Il voulait aussi qu'on reconnût la fatigue au travail qui menait tant d'employés à la dépression et que les anglomanes, qui manquaient de vocabulaire français, nommaient le *burn out*. Un tiers des salariés se sentait inutile en répétant chaque matin les mêmes gestes pour toujours les mêmes tâches débilitantes. Benoît-de-la-Lune n'accordait pas au travail une place de choix et sortait de ses archives l'idée d'un revenu universel pour équilibrer le travail et le temps libre ; ainsi, dès l'âge de dix-huit ans, chacun toucherait de la collectivité la somme de 720 euros pour ne point périr de faim, ni se clochardiser. Dans *La Justice agraire*, en 1795, le Britannique Thomas Paine proposait déjà une dotation en terre à chaque adulte, et d'attribuer une rente dès la vieillesse. M. Hamon n'en démordait pas : « Si le revenu universel est un moyen de se libérer d'un temps de travail où l'on ne s'épanouit pas, c'est un progrès. » À cela, les acharnés du travail à tout prix, qui lui apparaissaient comme les gardes-chiourme des masses dociles et courbées du *Metropolis* de M. Fritz Lang, protestaient et tempêtaient :

– C'est infaisable !

– Le revenu d'existence est expérimenté en Alaska, et à Utrecht, répondait notre utopiste.

– C'est une prime au farniente !

– Non, moins de 5 % des bénéficiaires se consacrent à l'oisiveté totale.

– Payer des millions de gens à ne rien faire, cela coûterait trop cher. Où allez-vous trouver cette somme exorbitante ?

– Quand on veut, on peut.

Même si vous parlez pendant des heures de sujets variés, vos auditeurs en conservent peu, qu'ils tournent aussitôt en slogan, et le revenu universel fut la marque essentielle de M. Hamon. Dans son bureau de la tour Montparnasse, devant une affiche de Mohamed Ali et un buste pas ressemblant de M. Jaurès, le petit

Ben, comme le surnommait Mme Aubry, duchesse de Lille qu'il avait naguère soutenue afin qu'elle s'emparât du parti, récitait ses mantras avec un air convaincu : « Nous sommes soixante-six millions de cœurs qui battent, faisons ensemble vivre le cœur de la France ! » Cela ne voulait pas dire grand-chose mais cela sonnait comme du Musset, et tant pis si on réduisait M. Hamon à des étiquettes vaporeuses… Il avait été choisi par la gauche pour casser l'élection au Trône, qu'il n'avait pas la moindre chance d'emporter.

Abandonnant M. Hamon à ses nébulosités, le Prince revigoré poursuivait son ascension. Il courait les lieux symboliques où ses prêches remplissaient les salles, à Nevers sur les pas de François III Mitterrand, à Hénin-Beaumont en terre populiste, à Lille chez Mme Aubry qui tenait ce duché du Nord, devant quatre mille sympathisants exaltés de tous âges et de toutes fortunes. À la tribune il ne sut s'empêcher de souhaiter un prompt rétablissement à Mme Aubry qui le détestait parce qu'il voulait libérer l'économie des contraintes sociales : la malheureuse venait d'être opérée du dos. Les concurrents du Prince commençaient à s'inquiéter : personne n'avait autant de public que lui, partout où il passait, douze mille à Paris, deux mille cinq cents à Clermont-Ferrand… Les ralliements se multipliaient et le Prince put alors jauger ses adversaires.

M. Fillon s'était installé dans une droite dure et cassante, laissant orphelin le centre droit du duc de

Bordeaux, de même M. Hamon, campé très à gauche du Parti social, laissait désœuvré le centre gauche du duc d'Évry qu'il avait battu. Cette explosion devait profiter au Prince, qui récupérerait ainsi une foule de militants désorientés. À côté de ces deux anciens partis traditionnels en miettes, l'armée de ceux qui s'abstenaient des scrutins auxquels ils ne croyaient plus et que la nouveauté comme la jeunesse pouvaient mobiliser, et puis, le peuple, le populaire plutôt, les mécontents qui se groupaient chez les populistes de droite ou de gauche. Leur démagogie faisait merveille, bien assise sur le démantèlement du paysage politique.

Le Prince aurait à ferrailler contre le baron de la Méluche et ses extrémistes aux slogans faciles. Le baron faisait toujours cavalier seul et repoussait les alliances. Cet ancien du Parti social, dont il fut ministre et sénateur installé, avait choisi de devenir féroce, au bout de la gauche, depuis qu'il s'était senti trompé dans un scrutin par François-le-Mollusque auquel il en voulait sans cesse. Sur cette rancune ancienne il avait bâti son personnage de tribun du peuple et il enchantait les foules avec ses envolées savantes. À lui seul il figurait l'hostilité sans concession à quiconque ne lui faisait point allégeance. Il préconisait l'insoumission par principe et ses troupes grossissaient. Il disputait des voix à Mlle de Montretout qui campait solidement à la droite extrême et caressait les écœurés de partout, principalement dans les villes cassées et dans les villages perdus.

Le Prince ne négligeait aucun électeur et il courtisa jusqu'aux retraités qui pleuraient misère. Ceux-là, on les appelait les invisibles parce qu'ils n'avaient guère la force de protester en cortèges. Une gazetière les rencontra à Montpellier dans la résidence des Glycines. Le maire soutenait la candidature du Prince après celle du duc d'Évry, qu'en pensaient ces vieilles personnes ? Mireille appuyait le Prince : « Il a davantage parlé de l'état de la France que de son programme, et il n'a fait aucune promesse, ce qui est fort habile. » Et Marie d'insister : « Il a de l'énergie, il peut enthousiasmer les personnes âgées. » Maurice renchérit : « La jeunesse ça plaît aux jeunes, mais ça plaît aussi aux vieux. Il y a longtemps qu'on attendait un jeune. » Josette était d'accord avec Maurice : « C'est vrai qu'il a une belle gueule… »

Chapitre III

Les images mentent. – Art du portrait et célébration du Prince. – Le duc de Pau en renfort. – Comment la campagne de France est occultée par le duc de Sablé. – L'image ternie de M. Fillon. – Tapisseries de Pénélope. – Un costume de trop. – Le Sermon de Bercy. – Suicide de Mlle de Montretout. – Enfin le sacre.

Le pouvoir, quel qu'il fût, a toujours produit des images qui reposaient sur le mensonge. Prêtez-vous à une expérience qui va prouver mon affirmation. Rendez-vous au musée du Louvre et, dans une vaste salle mal éclairée, plantez-vous devant le portrait officiel de Louis XIV exécuté par M. Hyacinthe Rigaud. Le tableau est connu, trop peut-être, vous en avez déjà vu une reproduction au moins dans vos livres de classe. Il vous est devenu banal et l'œil que vous posez sur lui est distrait. Que pouvez-vous en dire ? Rien. Et pourtant…

– Que représente cette toile ?

– Le roi de France enroulé dans un manteau bleu semé de fleurs de lys.

– Quoi d'autre ?

– Il prend la pose.

– Mais encore ? Vous ne le regardez pas vraiment.

– Que devrais-je voir ?

– Que l'homme qui figure dans le cadre s'apparente plutôt à un monstre filmé par Tod Browning dans *Freaks*.

– Vous exagérez !

– Vous avez regardé sans rien voir.

– Dites-moi donc ce que j'aurais dû voir ?

– Ce portrait n'est pas majestueux, il est grotesque.

– Vous y allez fort !

– Ce portrait ne vous étonne pas ? Cette tête de vieillard posée sur un corps de jeune éphèbe ?

– Tiens, oui, c'est vrai…

– En réalité, Louis XIV était à ce moment bancal, chauve, édenté, fripé, il tenait mal sur ses jambes maigrelettes, le bouillon qu'il avalait lui ressortait par le nez. Or, voyez ce maintien noble, ces mollets de coureur, ce torse avantageux, cette invraisemblable grâce de jeune homme. Venez maintenant sur le côté du tableau, vous remarquerez aisément que le visage a été peint à part, découpé puis collé sur la toile, on en voit les contours : voilà le portrait réaliste du visage par Rigaud. Le décor, la posture ont été réalisés par son atelier. On distingue sans problème le truquage, c'est-à-dire la supercherie.

Si dans l'ancien temps les portraits des souverains étaient enjolivés, même moins grossièrement, le glorieux mensonge fut souvent prémédité avant l'action représentée. Bonaparte était un expert du bidonnage. Quand il partait en campagne, le général emmenait ses faussaires ; il se faisait accompagner par des peintres, des dessinateurs, des scribouillards chargés de chanter ses louanges et de le montrer, lui, au mieux de sa gloire. La vérité des faits importait peu, mais l'image qu'il laisserait, qui devait frapper les esprits à jamais et répéter l'exploit imaginaire jusqu'à nos jours. Ce fut le cas du célèbre pont d'Arcole. On y présente Bonaparte, drapeau au vent, qui s'élance sous la mitraille autrichienne, entraînant ses troupes sur ce fichu pont. Or Bonaparte n'a jamais franchi le pont d'Arcole. Bondissant à son entrée, il glissa, retomba sur la berge bourbeuse et passa le restant de la bataille dans un tonneau d'eau saumurée à gratter son eczéma. Le véritable héros du jour, c'était Augereau qui emmenait derrière lui l'armée de Masséna et bouscula l'arrière-garde des Autrichiens embusquée sur l'autre rive.

Bonaparte était coutumier de ces mensonges. Il avait besoin d'une imagerie pour s'installer. Il jouait avec les symboles. Au col du Saint-Bernard, le peintre nous le montre en uniforme qui indique du doigt les plaines italiennes, sur un cheval blanc cabré. Essayez de faire se cabrer un cheval sur la neige. Dans la vérité il avait traversé ce col des Alpes à dos de mulet et tomba trois fois. Pour le tableau géant du sacre, Jacques-Louis David dut rajouter Mamma Laetitia, mère du futur empereur, car elle boudait au palais et avait refusé d'assister à la cérémonie…

Par la suite, la photographie simplifia la vie des dictateurs. Un coup de gouache suffisait à gommer les intrus, ainsi Lin Piao auprès de Mao ou Zinoviev à côté de Staline. Ce qui retient davantage l'attention, ce ne sont plus les images en elles-mêmes mais la légende écrite en dessous, où se niche la fausseté. Voici Staline en brave homme, avec une petite fille blonde sur les genoux. Ce que ne précise pas la légende, c'est que le tyran venait de tuer la mère de cette enfant. Nous étions entrés dans la société du spectacle, qui modifia les images de la propagande. On n'attendait plus qu'elles soulignent un fait exemplaire ou héroïque mais qu'elles nous rapprochent d'un souverain en le décrivant. Dans les années soixante, M. John Kennedy mit en scène son jeune fils à quatre pattes sous son bureau de la Maison Blanche : eh oui, il avait une famille comme toutes les familles américaines ! Chez nous il inspira le roi Giscard qui, le premier, osa se débarrasser de l'apparat pour jouer de l'accordéon ou plonger dans une piscine. Découvrir un pan de sa vie privée aux yeux de tous, c'était la ligne moderne que s'imposa le Prince Emmanuel.

Un professeur de diction, ancien baryton, le conseilla afin qu'il pût placer sa voix sur scène quand il se promenait micro en main, et ne tournât point au fausset parce qu'il n'étudiait pas sa respiration et évitât de furieux déraillements, déjà un sujet de plaisanterie chez des humoristes qui avaient du mal à repérer chez lui quoi que ce fût qui accrochât. Ensuite il recourut aux services experts de Mademoiselle Mimi, la patronne d'une agence qui gardait sous ses ordres une meute de paparazzis qu'elle avait disciplinés et qui lui obéissaient ; elle devait produire, contrôler et diffuser les images intimes de notre couple princier pour que chacun les comprît mieux. Là aussi il y eut des mises en scène, même dans des images faussement prises à la dérobée. À côté des franches couvertures politiques, lesquelles foisonnaient aux unes des gazettes, Mademoiselle Mimi réglait ce qui tournait autour de la vie privée pour que le public friand de contes de fées oubliât un temps la maison de Windsor et le rocher de Monaco, leurs intrigues à rebonds, leurs paillettes. Au début de son aventure, on avait remarqué le Prince sur le tapis rouge du Château, se rendant au dîner de gala en l'honneur des souverains des Pays-Bas, avec son épouse Brigitte en dentelles, bas noirs et hauts talons ; ils souriaient ensemble et se tenaient la main, on pouvait compter leurs soixante-quatre dents très blanches. Ils prenaient la pose quelques pages de papier glacé plus loin, sur la plage du Touquet, elle en petite robe bleu lavande, avec en main son sac beige et toujours ses talons hauts pour marcher sur le sable. Puis le Prince donnait le biberon à Élise, l'une des petites-filles de Brigitte, qui lui avait offert sept bambins en cadeau de noces. Ensemble on les vit au dernier concert de U2, au ski à La Mongie, ou avec Figaro le dogue argentin car les animaux, à l'exception des rats ou des cafards, attendrissaient autant que les enfants. Elle disait de lui : « Mon mari est un chevalier, un personnage d'une autre planète qui mêle une intelligence rare à une humanité exceptionnelle. » Ce qu'on répétait finissait par être admis, et ce que montrait ou voulait montrer le Prince importait plus que ce qu'il avait fait ; une telle exposition au grand jour provoquait un courant de sympathie.

Cette sympathie n'était pas unanimement partagée.

Les détracteurs usèrent sans retenue du ragot. À l'origine d'une rumeur il y a toujours un fait, qu'on peut tordre dans le sens voulu. Ici ce fut la nature même de ce couple qui parut improbable : comment ce garçon encore jeune pouvait-il vivre heureux et content avec une femme qui aurait pu être sa mère ? Des exemples attestaient qu'il n'y avait là rien d'étrange, alors même qu'un milliardaire adipeux ne choquait pas au bras d'une nymphette conquise par sa richesse. La rumeur se diffusait cependant... Même des journalistes, censés vérifier leurs informations avant de les jeter en pâture, insinuaient avec certitude que les penchants homosexuels du Prince n'étaient pas si secrets :

– Moi, je sais que le Prince sort en cachette avec un danseur de l'Opéra de Paris.

– Tu le sais comment ?

– C'est mon ami Paul qui me l'a affirmé.

– Comment le sait-il ?

– Par son meilleur ami qui habite dans le quartier du Marais et qui a surpris le Prince avec ce minet.

– Tu en es sûr ?

– Évidemment !

Il y eut des phrases dans certaines gazettes qui osaient même des allusions sur les rapports amoureux que le

Prince entretenait avec un autre homme lisse comme une gravure de mode, M. Mathieu Gallet, patron de Radio France, l'ancien directeur de cabinet de M. Frédéric Mitterrand dont on connaissait les penchants. On les avait aperçus au moment où ils sortaient du même restaurant et un magazine spécialisé dans les révélations cochonnes s'apprêtait, disait-on, à publier un dossier sur leur liaison, avec des photos à l'appui. La Princesse Brigitte n'était donc qu'une couverture, un alibi à d'autres écarts. Cela dura au moins un an, et des hommes politiques y ajoutèrent leurs commentaires ambigus, comme Nicolas-le-Perfide dans un hebdomadaire sérieux : « Le Prince est un cynique. Un peu homme, un peu femme, c'est la mode du moment. » Un sénateur fit état des rumeurs de plus en plus précises que répétaient ses collègues. Un député du Parti impérial confirma ses propres doutes à une agence de presse russe qui diffusait alors des fausses nouvelles sur les gens dont elle voulait la perte : « Un très riche lobby gay le soutient. Cela veut tout dire. » Pendant ce temps, le Prince ne démentait même pas, il riait plutôt de ces médisances. À mesure que la campagne approchait et que tous les prétendants devaient s'attendre à recevoir en gerbes des critiques vraies ou fausses, la Princesse Brigitte reçut des menaces et des dénonciations précises : « Votre mari est en ce moment au bras d'un publicitaire célèbre… » Au mois de février qui précéda l'élection au Trône, un millier de marcheurs remplissaient la salle de Bobino pour se renseigner sur leur action, quand, imprévu, le Prince surgit sur la scène et prit la parole :

« S'il y en a parmi vous qui font courir le bruit que je mène une double vie, sachez que c'est désagréable pour Brigitte ! Si on vous le confirme dans vos dîners en ville ou votre courrier électronique, répondez qu'il s'agit de mon hologramme, qu'il s'est échappé mais que je ne le connais pas ! »

Il fut terriblement applaudi. Beaucoup s'amusaient même de la référence sournoise à l'hologramme du baron de la Méluche qui lui permettait de se dédoubler dans deux villes pour y tenir à la même heure le même discours furieux contre les politiques variées de ses compétiteurs. Quant à la Princesse Brigitte, dès ce moment elle sentit autour d'elle comme une onde de solidarité ; on la plaignait autant que le Prince à cause de cette méchante rumeur. Les sarcasmes, la malveillance, les railleries s'éteignirent progressivement. Plaisanter et encaisser suffirent à désamorcer. Face à la calomnie, les jésuites préconisaient de répondre par un sourire. Le Prince y ajoutait sa désinvolture naturelle.

Certains, dans les réponses que faisait le Prince à des gazetiers choisis, décelèrent des bourdes et crièrent au dérapage et à l'indignité. Le bouquet, ce fut à Alger lorsqu'il énonça à haute voix, même rapidement, que notre ancienne guerre dans les djebels relevait du crime contre l'humanité. Traître ! Vendu ! Quelle ignorance ! Quelle maladresse ! furent les plus polis des reproches. Pourtant il avait déjà confié sa position à la revue *L'Histoire* : « Les deux souffrances ne s'annulent pas. Elles s'additionnent. Je peux d'une même main reconnaître la souffrance des harkis et des pieds-noirs et reconnaître celle des colonisés. » Il entendait réconcilier les mémoires et non les opposer.

Les polémiques tôt étouffées n'empêchèrent point des hommes politiques de se rallier au mouvement mal défini qu'était *En marche*, à son guide plutôt qui devint le principal opposant des partis poussiéreux dont les gens ne voulaient plus puisqu'ils n'avaient pas réussi, en plusieurs décennies, à leur rendre la vie plus douce. L'un de ces ralliements fut une surprise mais essentielle : celui du duc de Pau, M. Bayrou, qui amena une alliance avec son parti du centre. Des sénateurs de cette formation étaient déjà favorables au Prince et en épousaient les idées devinées, mais le duc de Lyon, premier des apôtres, passa des mois à caresser et emberlificoter le duc de Pau pour le mener tout rôti à son jeune maître. Celui-ci téléphona au duc, depuis Londres où il était allé cueillir de l'argent et les voix des nombreux résidents français. Le duc de Pau avait de l'expérience ; il s'était tant de fois présenté seul à l'élection suprême, sans jamais obtenir qu'un faible score, qu'on le disait courageux : on le respectait dans l'opinion autant qu'on en plaisantait. Il répondit : « Donnons une conférence de presse. Vous êtes trop jeune pour être président mais ça ne fait rien. Je vais vous aider. »

Le duc de Pau, bonhomme frisé qui grisonnait, menaçait le Prince s'ils se présentaient tous deux, car ils avaient la même clientèle. S'ils devaient se partager les centristes, c'était manqué d'avance. Le duc de

Pau, ancien bègue devenu orateur, était connu pour son indéniable franchise. Une image de lui avait plaidé en sa faveur. Il discutait avec des électeurs lorsqu'il sentit une main trifouiller sa poche. Aussitôt il se tourna et envoya une paire de claques sonore au jeune pickpocket. Cela réjouit de savoir que le duc avait des principes et des réflexes. Dès lors il fut considéré. Il connaissait sa réputation et il en profita. « Hé ! hé ! se disait-il en vieux matou aux griffes rentrées, ce jeune paltoquet risque bien de l'emporter, et si on s'allie on fait sauter la banque ! Mais je ne serai pas seulement sa roue de secours. S'il engrange mon soutien pour gagner, je le proclamerai partout et il comprendra qui je représente, je suis un professionnel, moi, un homme d'expérience et c'est ce qui lui manque, l'expérience, le parcours politique lent et patient. Il n'a jamais été élu, le bougre, il ignore tout des rouages et des roueries. Je vais miser sur l'intégrité absolue, lui demander des gages, qu'il affirme en public qu'il va moraliser la vie politique pour me complaire, et moi, je vais l'appuyer d'une voix résignée, mais il va m'offrir le poste de Premier de ses ministres, qu'il me devra. Je ne peux pas redescendre. Simple ministre, je l'ai déjà été, ce n'est qu'une étape. S'il est souverain, il faudra aussi qu'il gonfle le nombre de mes partisans à l'Assemblée, qu'il pousse mes dernières ambitions. Le fera-t-il ? Qu'est-ce que je risque ? Le ridicule ? J'y suis habitué. D'être évincé une fois encore ? Je m'y prépare mais à demi. Le jeu en vaut la peine. Jouons. »

Sans même avertir ses lieutenants, à la conférence où furent convoqués les meilleurs plumitifs des gazettes, le duc de Pau leva les doutes et se prononça clairement en faveur du Prince. Il l'appuya de tout son poids moral, c'était son seul crédit. Qu'en pensa le Prince tout sourire ? « Ouf ! encore une étape franchie, se dit-il. Laissons le duc de Pau tendre ses filets pour m'embobiner. J'ai étudié Machiavel à la faculté. Je sais que je dois être en même temps renard et lion. Lion pour tuer les loups, renard pour déjouer les ruses... »

Ce fut à son insu que le duc de Sablé servit l'ambition princière. Les spécialistes électoraux de son parti jugeaient imperdable la joute qui se préparait même si le Prince, grâce au soutien miraculeux du duc de Pau, venait de gagner sept points dans les sondages et passait désormais en tête de la course, mais pour combien de temps ? Ces calculs étaient changeants, à la merci d'un faux pas, d'un mot, d'un événement impossible à prévenir. Pourtant, le mardi 24 janvier resta dans les mémoires comme un mauvais présage. Rue de Vaugirard, dans les bureaux froids du Quartier général de M. Fillon, duc de Sablé, celui-ci, armé d'un long couteau, coupait en parts la galette des rois pour son état-major. « J'ai la fève ! » dit l'un d'eux en la montrant du bout des doigts. Ce n'était pas une figurine blanche et normale mais un chat noir, qui symbolisait la malchance dans nos contrées, l'obscurité, la mort. À Sumatra, un gardien défend l'entrée du ciel ; sur le pont qui surplombe les Enfers, un chat noir jette les âmes des coupables dans les eaux infernales… Les participants de ce tirage des rois se divertirent, dit-on, de la fève noire, mais ils riaient en biais même s'ils ne croyaient pas aux sortilèges. La tuile arriva par téléphone en même temps que la fève. L'un des membres de l'équipe, chargé de la presse, fut averti que le numéro d'une gazette satirique sortirait le lendemain matin avec cette dénonciation : Mme Fillon, une Galloise du nom de Pénélope, avait assisté son mari au Parlement pendant des années, mais avait-elle *vraiment* travaillé pour mériter si longtemps un gras salaire ? Au cinquième étage de son quartier général, tous étaient stupéfaits et M. Fillon avait le visage gris.

– François, il faut réagir. Tu portes plainte ?

– Non, répondit M. Fillon.

– Tu as des casseroles aux basques ?

– Non. Il n'y a rien. Je ne veux pas que la Justice intervienne dans cette campagne.

– Je me demande, dit un des participants, qui a fourré ce chat noir dans la galette… Certainement pas le pâtissier…

– Ne vous inquiétez pas, ça va s'arrêter, reprit M. Fillon, toujours la mine sombre.

À Bordeaux, le lendemain, entouré de gazetiers qui tendaient leurs micros, le duc légèrement agacé dit :

– Je suis scandalisé. Cet article est un torchon méprisant et mysogine.

– Comment ça ? interrogea un gazetier.

– Hé quoi ! Ma femme n'aurait pas le droit de travailler ?

– A-t-elle *vraiment* travaillé, M. le duc ?

Au contraire des désirs du duc, cela devint une affaire qui se déroula comme un feuilleton dont chacun, haletant ou rigolard, attendait la suite. Des juges financiers s'étaient déjà emparés de l'affaire à peine née. Comment était-ce possible ? M. Fillon avait toujours été l'honnêteté personnifiée. Déjà, dix ans plus tôt, il avait demandé aux ministres d'être transparents et de refuser les cadeaux trop conséquents qui pourraient insinuer une malversation. Le comte Christian Blanc ayant acheté douze mille euros de cigares sur le compte de son ministère, il fut prié de rembourser ou de démissionner. Quand il inaugura la primaire de la droite qui devait le porter seul à la candidature, le duc prônait une démocratie exemplaire : la moindre faute devenait un handicap. Quand on l'accusa d'avoir déjeuné avec un conseiller de François-le-Petit pour qu'il accélérât la mise en accusation de Nicolas-le-Mauvais, et ainsi s'en débarrasser, M. Fillon se récria : « En trente ans, mon nom n'a jamais été associé à un comportement contraire à l'éthique ! » Récemment encore, pour enfoncer ses concurrents pris naguère la main dans le sac, il lança une formule acerbe pendant une réunion sur la pelouse, à Sablé, chez lui, une phrase qu'on attribua en coulisse au talent perfide du comte Longuet, très à droite et très moral : « Qui imagine un seul instant le général de Gaulle mis en examen ? » Les enquêtes des juges et celles des gazetiers se rejoignirent par malheur et le donneur de leçons fut à son tour mis en examen. Allait-il se retirer, comme il l'avait juré en public, et répondre aux vœux de ses proches embarrassés ? Non. Il resta candidat en prononçant sur les fenestrons une autre phrase du général de Gaulle qui datait de la fin mai 1968, lorsqu'il revint de sa visite cachée à Baden-Baden : « Je ne me retirerai pas. » Il resta donc mais en parjure. Autour de lui on déserta. Les plus indécrottables de ses fidèles passaient pour chafouins. À force de persister à se maintenir dans l'élection, ne courait-il point à la catastrophe, pour lui et pour la droite ? Il accumula les maladresses. Ce cachotier devint bavard. Il évoqua ses enfants qu'il avait employés parce qu'ils étaient avocats quand en vérité ils n'étaient qu'étudiants. De détails imparfaits en faux détails, il s'enfonça. On apprit bientôt le montant des sommes engrangées depuis trente ans par la muette Pénélope, et aussi sa contribution de complaisance à la *Revue des Deux Mondes*, où elle ne publia que deux notes de lecture fort scolaires.

Le feuilleton avançait en empirant. Le duc s'effondrait aux yeux de ses partisans d'hier. Lui criait au complot, répétait qu'on cherchait à l'abattre. Ses anciens amis poussèrent à l'avant-scène le duc de Bordeaux pour le remplacer ; on l'avait longtemps vu comme le champion de la droite, mais il recula. Le désastreux M. Fillon resta seul avec ses juges et les fins limiers des gazettes qui vendaient cher leurs croustillantes révélations, lesquelles recouvraient les débats prévus.

Au-delà de multiples combines financières désormais dévoilées, M. Fillon reçut le coup de grâce avec la minable mais significative affaire dite des costumes. On avait remarqué que le candidat était très chic dans ses impeccables complets gris-bleu. Il s'habillait chez le tailleur d'Andy Warhol, de Truffaut et de Mastroianni, chez Arnys, rue de Sèvres. Même Yves Saint Laurent s'y fournissait. Outre trois costumes pour l'élection, on découvrit que M. Fillon s'était fait offrir, en quatre ans, pour 48 500 euros de vêtements, dont 35 500 auraient été payés en liquide malgré la loi qui interdit tout versement de ce genre au-dessus de mille euros. Quel était le généreux donateur qui remplit les penderies du duc de Sablé ? Pensez donc : deux vestes forestières à 10 000 euros, un blazer à 4 500, deux pantalons à 5 000, deux pulls en cachemire à 4 000... Était-ce du trafic d'influence ? La piste remonta jusqu'au très généreux donateur qui ne sut rester longtemps anonyme. Il s'agissait de M. Robert Bourgi, avocat, homme d'affaires interlopes qui faisait le lien entre l'Afrique et le Château, chargé de lourdes valises de banquenotes, un vestige de ce qu'on nommait encore la Françafrique, un ami d'Omar Bongo qu'il appelait papa. Ces cadeaux eurent un écho si puissant dans l'opinion qui s'habillait à moindre prix, et en fut indignée, que M. Fillon affirma avoir rendu les trois costumes sur mesure à leur acheteur, même s'il les avait portés. M. Bourgi se rendit donc à l'office anticorruption de Nanterre et y déposa une housse. Les policiers qui l'ouvrirent n'y dénichèrent point les vêtements incriminés, mais, à leur place, un ensemble pantalon blazer et deux anciens costumes sans étiquette de marque qui avaient séjourné dans les placards du candidat depuis des mois. Lui, il avait gardé les neufs malgré ses dires.

À l'acte IV, scène V, Molière écrit dans son *Tartuffe* :

> Le scandale du monde est ce qui fait l'offense
> Et ce n'est pas pécher que pécher en silence.

Il n'y avait plus de silence. Démasqué, Tartuffe pouvait-il encore être le souverain de ce pays ?

Le 17 avril, une semaine avant les éliminatoires de la grande élection, le Prince donna un sermon long comme un fleuve devant quinze mille sympathisants tassés à Bercy ; ils frétillaient, aussi nombreux que pour un match déterminant ou un concert à la mode. Le Prince développa ses thèmes en les enchaînant, il évoqua surtout l'avenir et se voulait positif, salua l'esprit de progrès, l'amour et la patrie, en reliant ces désirs au destin de l'Europe que nous devions consolider. Fortifié par un public acquis, le Prince se sentait en verve. Il ne fut point acclamé pour un programme mais pour lui-même, plus sentimental qu'à l'ordinaire, qui donna des frissons aux frénétiques quand ses adversaires prononçaient des discours hérissés de piques, de plaintes, de revendications désespérantes. Le Prince critiqua d'emblée ce vent de pessimisme, lequel balayait le courage nécessaire, le sursaut. Pour s'aimer, disait-il, il fallait aimer le pays où l'on vivait à l'abri des désastres et la tête chargée d'une histoire forte en images et en exemples. « La France, dit-il, je l'aime dans sa géographie. Enfant de la province française, j'ai grandi entre la Picardie et les Pyrénées avant de rejoindre Paris. Je l'aime dans ses paysages, dans les méandres de la Somme jusqu'aux soubresauts de l'Adour… » Il expliqua que l'avenir de ce pays idyllique serait aussi précieux et rassembleur que son passé. Il n'hésita point à lancer comme un pape autrefois dans la tourmente : « N'ayez pas peur ! » La France, il la voyait ouverte, confiante, conquérante. Ne restez pas assis, disait-il encore, nous sommes des héritiers qui devons préserver l'héritage, n'ayez pas de sottes nostalgies, ne renoncez pas avant même de vous lever ! Venez ! Construisez à nos côtés un projet audacieux pour conjurer l'immobilisme. Il ne s'attarda point sur le projet ni sur son audace mais il souligna l'importance d'une génération nouvelle qui déboulait au pouvoir et devait renouer avec l'élan des constructeurs et des libérateurs. Il termina par ces mots, généraux et abstraits comme l'ensemble de son sermon : « Quand il reçut en 1957 le prix Nobel de littérature, dans son merveilleux discours Albert Camus eut quelques mots graves : "Chaque génération sans doute se croit vouée à refaire le monde, écrivait-il. La tâche de la nôtre est peut-être plus grande. Elle consiste à empêcher que le monde ne se défasse." Empêcher le monde civilisé de se défaire et permettre au monde à venir de se faire, telle est notre responsabilité, mes amis, et notre mission. »

Le ton du Prince réveillait des souvenirs récents. À Orléans, aux dernières fêtes en l'honneur de Jeanne d'Arc qu'il avait présidées en majesté, le Prince avait déjà énoncé de pareilles choses. Souvenez-vous : « Jeanne était un rêve fou, elle s'imposa comme une évidence. » C'était une flèche, disait-il encore, qui fendait le système et savait rassembler autour d'elle : se comparant, le Prince parlait toujours de lui.

Maintenant les quatre principaux concurrents se partageaient chacun un quart des votants, puisque M. Hamon avait transformé le Parti social en misérable groupuscule. Les autres se serraient entre eux. Vint le scrutin qui les départagea. Le duc de Sablé parvint à éliminer le Parti impérial pour la première fois ; le baron de la Méluche protesta car il ne lui manquait *que* six cent mille voix, et il en accusa la triche. Le Prince l'emporta avec 24 % sur un Front populiste relégué en second malgré ses espoirs.

Calculateur, le Prince se persuadait que le dernier tour n'offrirait aucune surprise, et il s'autorisait à fêter l'événement inéluctable. Certains allaient l'estimer prématuré, mais ces jaloux ne comptaient pas. Le peuple des votants refuserait l'accès au Trône à un Front populiste qu'ils jugeaient trop extrême. N'importe qui avait ses chances contre Mlle de Montretout. Le Prince régnait déjà. Il le montra en exultant sur scène quand il présenta la Princesse Brigitte qu'il tenait par la main. Plus tard, dans une brasserie de Montparnasse où le couple avait ses habitudes, il reçut celles et ceux qui avaient participé de près à son ascension. Des grincheux osèrent une comparaison avec le Fouquet's de Nicolas-le-Teigneux où ce dernier avait convoqué des grands patrons qui le soutenaient, mais La Rotonde n'était pas le snobissime Fouquet's, l'addition n'était pas aussi salée et le prix du menu qu'on avait négocié était raisonnable. Du dehors, la nuit, on voyait le rouge et l'or de la salle, on nommait quelques personnages du spectacle vibrionnant le verre à la main autour du Prince décravaté et souriant, mais cela suffit à critiquer ce candidat qui se croyait déjà élu. Le Prince s'exaspéra en fustigeant les photographes rapaces, lesquels s'agglutinaient sur le trottoir ; il leur balança des termes définitifs, comme Jésus chassa les marchands du Temple qui proposaient leurs colifichets sur le parvis.

Mlle de Montretout avait quitté son logis du parc de Montretout depuis que les molosses de son père avaient dévoré son chat. Le Front populiste qu'elle présidait désormais était toujours une entreprise familiale mais le climat de cette famille était lourd. La fille écartait peu à peu son père, le fondateur brouillon et gueulard de l'organisation qui ne voyait changer les situations que d'un œil, mais il tenait un trésor de guerre dans ses coffres et on devait opérer avec doigté pour l'éliminer sans se perdre. Il fut malgré tout exclu, comme dans une pièce du théâtre de boulevard qu'on vient applaudir en famille, pour rire et frémir. Il y eut des glapissements et des malédictions à chaque réplique, cela finit par épuiser le public tant cette famille était violente et aveugle. Le père refusait le pouvoir mais sa fille courait après, en tentant de montrer qu'elle était responsable et respectable. Elle combattait l'Europe et le flot des migrants qui allait nous submerger, ce qui plaisait surtout dans les campagnes où personne n'avait jamais vu ce type d'oiseau. Seul un quart des Français la jugeaient capable de gouverner et elle avait du mal à dépasser ce pourcentage fâcheux. Des affaires d'argent illicite achevaient de plomber le Front populiste qui en appelait par ailleurs à la vertu quoique accusé de fraude fiscale, d'abus de confiance et de vote frauduleux au Parlement européen.

Le Front n'était pas si florissant. Il avait des problèmes à sa base qu'on présentait sans reproche, mais, en même temps, l'un des élus de Marseille, M. Ravier, avait menacé au téléphone son dixième adjoint, un retraité qui portait un défibrillateur cardiaque ; il l'insulta pendant un concours de pétanque : « Casse-toi, je vais te casser la tête, enculé, tu n'as rien à faire là, vermine ! » La plainte déposée fut classée sans suite. L'élu désavoua ensuite la directrice de ses services, une dizaine de frontistes déguerpirent de son bureau pour se réfugier chez les non-inscrits. Un peu plus tard, mais à Mantes-la-Ville, l'adjoint au sport de la mairie était retrouvé mort à plat ventre, torse nu sur le tapis du salon avec un collier de chien autour du cou relié à une laisse, entouré d'objets sadomasochistes assez rigolos.

On parla peu dans les gazettes de ces faits-divers.

On parla beaucoup de Mademoiselle, laquelle menaçait le système en se camouflant. Elle était soudain devenue simple, humaine, sincère. Elle adoucissait son image. La caricature qu'on fait de nous, ça fiche la trouille, disait-elle, comme la plupart des politiques critiqués. Elle inaugura son local de campagne dans un appartement luxueux à deux pas de la place de l'Étoile, et avait déjà retenu une dizaine de salles pour se produire dans les principales villes. Elle se présentait en ennemie de tous mais affirmait que ses idées diffusaient. Elle s'était installée, au Nord, à la place des communistes et mordait déjà sur le Parti social. Elle récupérait le peuple délaissé par la gauche et la nation par la droite. Ensuite elle s'attaqua aux banlieues avec des banalités électorales, promettant de neutraliser sans pitié les voyous, de rétablir l'ordre défaillant, de déraciner les islamistes, sans dire comment tout cela était possible. L'électorat immigré se cabrait et il fallait rassembler plus de la moitié des votants. Son slogan, Au nom du peuple, ne suffisait pas, ni son nouveau symbole, une vilaine rose bleue.

Sous le clocher de Brachay, en Haute-Marne, petite commune de soixante agriculteurs à la retraite qui avaient voté autrefois à l'extrême, Mademoiselle parla sur une estrade. Elle s'affirma ni de gauche ni de droite, à l'égal du Prince mais en lisant ses notes, pour condamner l'islamisme. « On est chez nous ! » criaient les paysans.

Le Prince était venu dans sa ville natale, à Amiens. Il discutait dans une salle avec des délégués syndicaux ; ils lui exposaient les problèmes des grévistes de l'usine Whirlpool qui protestaient pour sauver leur emploi. L'un des marcheurs chargé de la sécurité entra au milieu du débat et souffla à l'oreille princière :

– Elle est là…

– Qui donc ?

– Ton dernier adversaire, Seigneur.

– La Montretout ?

– Elle cause aux ouvriers sur le parking.

– Dès qu'elle s'en va, j'y vais !

– Ce n'est pas prévu, Seigneur, et surtout pas prudent. La foule est très remontée contre les autorités.

– Les prudents sont les perdants !

Mlle de Montretout avait débarqué de Paris en catastrophe pour court-circuiter le Prince et jeter des paroles de réconfort aux ouvriers chauffés par des militants du Front populiste. Elle dit : « Je ne vous oublie pas » ou « On va s'occuper de vos problèmes », puis au bout d'une promenade de dix minutes elle remonta dans son automobile. Le Prince arriva sur ce départ. Il se fit ouvrir la grille de l'usine et osa un corps-à-corps avec des grévistes vociférants. Il adorait ce genre de contact difficile, et même les sifflets. Il évangélisa avec des mots compréhensifs mais rudes, qui passèrent pour de la franchise. Parfois ces échanges dérapaient mais le Prince avait en face de lui, égaré dans cette foule, des gens blessés qui réclamaient un remède. Toujours avec son ton de maître d'école, le Prince répondait par conviction, alors, au bout d'un moment, les grévistes l'écoutèrent et certains l'applaudirent. À une époque si moderne où les mots n'étaient plus écoutés, on se contentait de regarder des images dépourvues de sous-titres. Des images restèrent donc de cette fougueuse altercation, des visages déformés par une fureur, des bouches bées. Elles formèrent un pendant à la visite rapide d'une Mlle de Montretout en apparence compatissante.

Chaque candidat allait à son rythme pour parvenir à l'ultime duel qui devait départager les deux postulants. Mlle de Montretout zigzaguait sur le territoire et on l'apercevait un jour au sud et l'autre au nord. Elle arriva exténuée au matin de l'émission décisive sur les fenestrons dont les commentateurs s'empareraient pour la prolonger sans fin, estimant les candidats, décrétant le vainqueur avant le démaquillage. Ce matin fatidique, Mlle de Montretout se sentit nerveuse, elle eut une crise de migraine ophtalmique qui l'aveugla quelque temps, avala des médicaments amers, se regonfla à demi. Ses soigneurs lui conseillèrent de repousser le débat puisqu'elle n'était pas en état de le mener, mais elle refusa d'abandonner. « On y va ! On y va sinon on va me reprocher la dérobade ! Dès le début je vais l'agresser, selon la méthode ancienne de mon père, je ne vais pas le laisser souffler, il va se démonter, perdre ses nerfs, découvrir son visage de tueur ! » Depuis quelques jours, en effet une rumeur préparée avait circulé, même reprise par des gazettes, selon laquelle le Prince quitterait le plateau de la confrontation si la vedette du Front populiste devenait outrancière et perturbait une émission aussi sérieuse par son enjeu. Ce bruit avait été lancé à la demande du Prince qui cherchait à déstabiliser par avance Mademoiselle. À l'heure prévue, les deux champions s'installèrent face à face en position de chiens de faïence dans le studio 107 de la Plaine Saint-Denis que leurs deux équipes avaient inspecté avec minutie, modifié, calculé. L'affaire fut lancée comme un match.

D'entrée, Mlle de Montretout se moqua de son rival qui ne bronchait pas. Elle évoqua le péril de ces millions de migrants prêts à envahir nos villes et nos campagnes, elle faisait des gestes amples, brassait de l'air comme une oie cendrée à la surface d'un lac, devenait cocasse, manquait de tenue. Son numéro de music-hall eut un effet déplacé. À l'autre bout de la table qui les séparait, d'une voix ferme et douce en même temps, l'œil amusé, le Prince la regardait gesticuler et, prenant ses temps de parole chronométrés, renvoyait les balles dont la frontiste tentait de l'accabler. Et il renvoyait ces balles, tranquille, sans véritable effort, du fond du court. On en vint aux thèmes économiques auxquels Mademoiselle ne comprenait rien, et elle pataugea tout de suite, consultant les kilos de dossiers qu'elle avait posés à côté de son coude. Dans son élément, le Prince lui rétorqua dès la première salve :

– Je crois que vous ne consultez pas le bon dossier, vous avez pris le rouge, vous auriez dû essayer le rose, cela vous aurait évité de confondre les téléphones et les turbines, Alstom et SFR.

Mlle de Montretout perdit pied et se noya. Ses phrases et ses gestes se désordonnèrent, elle balbutia, s'égosilla en pure perte. Ceux qui la regardaient ce soir-là sentirent son incompétence et son ridicule. Elle se suicida en direct devant des millions de personnes.

Même si un tiers des citoyens préféra flâner que voter, le Prince fut largement élu par ceux qui refusaient une victoire populiste contrariante et dangereuse. La messe était dite. *Ite missa est.* Notre nouveau monarque avait bénéficié d'une chance insolente car, venant de nulle part, il put s'asseoir par surprise au sommet, où les coussins étaient moelleux. Comme nous le savons, les souverains de ce pays eurent souvent un sobriquet collé à leur prénom, tels Louis VI le Gros, Charles le Chauve, Philippe le Bel, le Roi Soleil, Louis le Bien-Aimé, François-le-Petit, aussi nomma-t-on le vainqueur du jour Emmanuel le Magnifique puisqu'il était un mélange complexe de Laurent de Médicis et du Gatsby de M. Fitzgerald, tous deux qualifiés par cet adjectif flatteur qui signifiait en même temps la brillance et la finance folle.

À la nuit tombée, il sortit en pardessus noir sobrement taillé d'une arcade du palais du Louvre, enveloppé par les notes ronflantes d'une symphonie de M. Beethoven pour appuyer la solennité de l'instant, et il marcha longtemps, longtemps, seul, d'un pas souple et mesuré comme celui du véritable souverain qu'il était soudain devenu. Il marcha longtemps, longtemps sur les pavés de la cour sans se tordre une cheville, doubla la pyramide de verre éclairée dans la cour, grimpa l'escalier de ferraille qui le monta sur le podium et parvint devant un public exalté par sa victoire. Il leva les bras. La foule du Carrousel agitait des fanions tricolores distribués à l'entrée des guichets et on entendit une longue clameur. Le Prince fit un discours qui se termina par « Je vous servirai avec amour ! » puis il présenta sur la scène sa famille recomposée, la Princesse Brigitte d'abord, son double, puis ses belles-filles, ses petits-enfants, des cousins timides. Le parfum des dunes touquettoises flotta sur l'ancien palais des rois de France. Le reste appartenait dorénavant au protocole.

Chapitre IV

SOULAGEMENT À L'ÉTRANGER. – ÉTONNANTE NOMINATION DU PREMIER VALET DE CHAMBRE. – SES AMIS ET SON PERSONNEL. – IMITATION DE LOUIS-NAPOLÉON. – LA FRANCE CHANGÉE EN ENTREPRISE. – JARGON ET ANGLOMANIE. – DÉBUT DU DÉCERVELAGE. – PREMIÈRES TACHES. – LE DUC DE PAU CONGÉDIÉ PAR LUI-MÊME.

Ce fut un soulagement dans l'ensemble des royaumes de l'étranger qui redoutaient un accès de populisme et que Mlle de Montretout fût élue par accident pour fermer son pays à autrui. Emmanuel le Magnifique suscita la curiosité et l'envie. *The Economist* écrivait qu'il renouvelait les générations et le quotidien libanais *L'Orient-Le Jour* le racontait comme « un homme pressé, avec sa fougue, sa jeunesse, son impatience, ses envies, son audace et surtout son obsession de réinventer ». Le *Washington Post* le présentait comme celui qui a cherché à injecter un optimisme frais dans une France désillusionnée. « Son manque d'expérience lui donne un côté bienveillant », notait le portugais *Visão*. « Le sauveur », titrait l'allemand *Die Zeit*. « Pour lui tout commence », notait

Le Temps de Belgique. L'édition brésilienne d'*El País* remarquait qu'« il reflète quelque chose qui est en ébullition dans le monde entier ». Et le *Financial Times* certifiait : « Il propose une France nouvelle et un Paris dynamique. » Le *Guardian* lui accordait qu'il avait eu énormément de chance. Quant au *Time* américain, il titrait « C'est le nouveau chemin » avant d'expliquer : « La guerre entre la mondialisation et le nationalisme ne fait que commencer. » Brigitte n'était point oubliée. *O Estado de S. Paulo* prétendait qu'elle remplissait le vide laissé par Michelle Obama, et même le très conservateur ZAZ affirmait : « Ils incarnent tous les deux la mémoire vive de la France autrefois confiante, ouverte, anarchique et généreuse. »

Après les cérémonies obligées pendant lesquelles Notre Tendre Monarque perfectionna *in vivo* son air de majesté, une intense satisfaction se lisait sous son masque de gravité. Il porta sa fonction à merveille en entendant sans broncher les vingt et un coups de canon qui le saluaient à blanc, passant des troupes en revue devant des buissons fleuris, remontant par tradition les Champs-Élysées mais en jeep militaire pour s'attribuer une allure martiale fort bienvenue. Le jour suivant, tandis que la Princesse Brigitte ordonnait qu'on ôtât les lourdes tentures du Château afin que le soleil entrât dans les salons d'apparat, Notre Magnificence désigna sans plus tarder son Premier Valet de chambre qui aurait la tâche précieuse de le décharger des affaires quotidiennes et domestiques, soit subalternes, que le souverain jugeait peu dignes de sa grandeur toute neuve. Il devait d'abord sabrer la droite qui avait résisté en nombre malgré l'effondrement personnel du duc de Sablé, son meneur défaillant et trompeur. Il choisit dans les rangs des prétoriens du duc de Bordeaux, fréquentables et modérés, lesquels savaient prendre la forme du vase où on les mettait. Il avait songé à un nom, à un homme qu'il avait déjà reçu avec ses apôtres pour le jauger, mesurer sa vaillance et son peu d'ambition personnelle, un homme avec un vrai profil de serviteur, un second qui l'avait déjà été avec fidélité et saurait le rester sous un nouveau maître. En outre, il donnerait le signal à ses anciens compagnons que ceux-ci pourraient rejoindre les rangs des marcheurs du Prince. Sans hésitation, cette perle fut désignée du doigt et vint faire allégeance au Château. Il s'agissait d'un duc de Normandie, M. Édouard Philippe, que personne ne connaissait en dehors du Havre et des très proches du duc de Bordeaux qu'il avait si longtemps servi. Il arrivait de la droite et le revendiquait haut. Les gens sortis de la gauche pour enfler les troupes de Sa Majesté, et qui en composaient jusque-là une majorité, ressentaient soudain et passagèrement une douleur à l'estomac ; les mieux optimistes y voyaient une habile stratégie pour étourdir les forces du Parti impérial, lequel n'oserait plus contrer un Premier issu de ses rangs qui allait sans nul doute appliquer leur programme.

Monsieur du Havre était un fort grand homme, mince comme une ablette, bien fait quoiqu'un brin voûté, d'un visage qui, sans rien de choquant ni de singulier, n'était pourtant pas agréable car il avait le menton inexistant auquel il avait récemment appliqué un remède à la mode du jour, une barbe très courte et très noire qui lui crayonnait les joues et cachait le manque du menton rentré dans le cou. Il avait un grand amour de ses devoirs et une excellente tête, se possédant toujours parfaitement et qui par là avait réussi en perfection dans toutes ses négociations avec les dockers de sa ville. Il avait une sagacité et un humour voilé qui ajoutaient à la finesse de son esprit, et à sa justesse, qui était imposante, en sorte qu'il avait rarement pu être trompé. Il était consommé dans les affaires par une longue habitude, avec beaucoup d'ordre, fort désintéressé, affable aux plus petits, naturellement obligeant, fort poli, mais avec choix et dignité, quoiqu'il le fût avec tout le monde, et homme de banquets le plus capable d'amitié, de fidélité à ses amis, et de les bien servir, ce qu'il fit en introduisant ceux-ci, des droitiers qui se voulaient un destin, aux portes du Château et du palais de Matignon où il prit ses quartiers pour régenter le pays au nom du Magnifique.

Avant que Notre Admirable Souverain le sortît de sa confortable pénombre, Monsieur du Havre avait eu une vie où il avait su mêler l'obéissance et la turbulence. Il appartenait à la frange volontaire de sa génération, qui ne craignait point de s'engager pour une cause commune, et il avait formé une coterie amicale qui survécut aux vicissitudes d'un monde que la cruauté n'épargnait pas. Ceux-là constituaient un esprit collectif, avec des nuances, qui cherchaient une niche où se caser et une échelle pour grimper, comme le font, dit-on, les grenouilles dans un bocal. Ensemble, ces amis rejouaient l'*Histoire des Treize* de M. Balzac et ils se retrouvaient plusieurs fois par an dans une cantine du VIIe arrondissement de Paris pour y dîner de fines tranches de cochon noir élevé aux glands qui donnait son enseigne à l'établissement avec un air espagnol, le *Bellota-Bellota.* À table, ils juraient d'oublier la politique mais ils construisaient leur amitié, leur vœu de s'entr'aider, leurs ambitions et quelquefois, au hasard des conversations, leur cynisme. Ils se retrouvèrent aussi à la buvette de l'Assemblée quand ils eurent gravi quelques marches du pouvoir après la débâcle de Nicolas-le-Hideux en 2012. Ils s'imaginaient tous à la tête d'un ministère quand la droite serait en état de revenir après avoir pansé ses gnons, et certains partaient même ensemble en vacances. Ils attendaient le retour de la droite avec impatience, et se postaient chacun derrière un possible chef, la plupart derrière le duc de Bordeaux que les citoyens semblaient espérer pour remplacer François-le-Petit dont le quinquennat durait en s'épuisant. Ils étaient malins et ambitieux. À la primaire de la droite que l'un d'eux organisa, le duc de Boulogne, M. Solère, ils se rangèrent par devoir derrière le triste M. Fillon dont ils ricanaient entre eux et qu'ils nommaient Pignon, comme le personnage central du *Dîner de cons* imaginé par M. Veber, une sorte de dramaturge divertissant mais vachard. Ils ne restèrent pas trop derrière ce mauvais cheval et le quittèrent dès ses premières ruades quand celui-ci, mis en examen, revint sur son serment et continua sa course. Deux d'entre eux décidèrent même de rejoindre le duc de Bordeaux dans sa ville, à six cents kilomètres de Paris, en voiture, de nuit, depuis la brasserie *Aux Trois Obus*. Il faisait froid, il y avait du vent. Le duc de Bordeaux hésitait, vacillait, ils allaient le persuader de les sauver et avec eux le Trône. Ils se perdent au matin dans un embouteillage, arrivent à 9 h 30 au moment où M. Juppé va parler à la presse. Trop tard. Le groupe des Bellota se concerte ; ils attirent les soupçons des membres les plus durs du Parti impérial. Qu'est-ce qu'ils mijotent, les partisans de ce M. Juppé qui n'existe plus ? Ils allaient le savoir au lendemain de l'élection de Notre Ardent Monarque. En nommant Monsieur du Havre au poste éminent de Premier Valet de chambre, celui-ci introduisait sa bande presque entière dans le gouvernement. À côté des apôtres comme le duc de Lyon qui hérita de l'Intérieur et du duc de Pau qui dut se contenter de garder les sceaux de la Justice, en priant pour qu'il ne fît point de vagues, à côté de ministres techniciens dont personne ne put retenir les noms, on vit paraître groupés les Bellota-Bellota, d'abord le duc d'Évreux, M. Le Maire, à la Finance, et le duc de Tourcoing, M. d'Armanin, au Budget. Le duc de Boulogne, M. Solère, se retrouva à la questure de l'Assemblée, et M. Boyer, duc de rien du tout, fut désigné conseiller auprès de Monsieur du Havre.

Le 5 mai 1807, depuis Osterode, Napoléon envoyait ses instructions : « Plus mes peuples travaillent, moins il y aura de vices. Je suis l'autorité et je serais disposé à ordonner que le dimanche, passée l'heure des offices, les boutiques fussent ouvertes et les ouvriers rendus à leur travail. » Le travail du dimanche, cela nous évoquait l'une des mesures voulues par Notre Prince, mais si pour l'Empereur il s'agissait de morale et de police, pour Emmanuel le Magnifique cela relevait plutôt de rentabilité ; une affaire purement économique. De nombreux ignares avaient comparé les deux hommes à cause de leur rapidité à s'emparer du pouvoir, mais à y regarder de près ils avaient peu en commun, sinon des yeux bleus.

Si l'on cherchait à comparer des parcours vers le Trône, il fallait regarder du côté de Louis-Napoléon, le neveu du grand Empereur, un aventurier insoumis qui avait comploté contre le pape avec les carbonari italiens, qui avait été policeman à Londres avant de rentrer à Paris au moment de la Révolution de 1848, en février, quand Lamartine présidait le gouvernement provisoire et contint la populace en gardant à lui seul l'Hôtel de Ville, pendant soixante heures sans dormir, avec deux pistolets chargés à la ceinture. Dans ce bouillonnement, Louis-Napoléon et une poignée de comploteurs tentèrent leur chance.

Personne ne connaissait Louis-Napoléon, personne ne savait grand-chose, à ses débuts, de Notre Intense Prince (Dieu le bénisse !). Le parallèle entre les deux ne s'arrêtait pas là, bien évidemment. Tous les deux débarquaient solitaires de la gauche. L'un avait publié *L'Extinction du paupérisme*, l'autre avait été ministre dans un gouvernement qui se prétendait de gauche. Quand ils se levèrent pour concourir à l'élection au Trône, des malins se moquèrent. Où étaient leurs troupes ? Quels étaient leurs moyens ? « C'est une bulle qui va éclater », disait-on quand Notre Prince récolta ses premiers succès publics. Et M. Proudhon, dans *Le Représentant du peuple*, ne voyait dans ce charlatan de Louis-Napoléon qu'une balle gonflée de fumée. Ni cette balle ni cette bulle n'éclatèrent pour faire retomber les candidats improbables. Ils menèrent avec science leurs propagandes. L'un multiplia son image dans les gazettes et sur les écrans, pénétra dans les salons des électeurs possibles, se fit connaître en se déplaçant avec tintamarre. Louis-Napoléon opéra de même dans une société divisée mais colère en inondant le pays d'images. C'étaient des gravures de son oncle l'Empereur dont personne n'avait oublié la silhouette en bicorne de castor, et que dans le peuple on regrettait. Il raviva cette mémoire pour s'y associer. Louis-Napoléon et Notre Prince Chouchouté réussirent à lever des fonds et à financer leurs campagnes avec l'argent des possédants, amis banquiers pour l'un, ennemis du socialisme pour l'autre. Des gazetttes de lourde propagande apparurent en 1848, et se nommaient *Le Petit Caporal*, *Le Napoléonien*, le *Napoléon Républicain*. Il y était question de sauvegarder le capitalisme et la propriété individuelle. Parurent par milliers des portraits de Louis-Napoléon en famille sous la protection de son oncle. On chantait au coin des rues :

Patrie, ô belle France,
Tes malheurs sont finis,
Je viens sécher tes larmes,
Tu seras mes amours.

Ainsi révélée, la popularité du neveu Bonaparte s'entretenait par la distribution d'estampes populaires, de plaquettes biographiques louangeuses, de brochures, de prospectus. Des clubs se formèrent, des harangueurs appointés délivraient la bonne parole, on vendit des boîtes d'allumettes illustrées par Napoléon, des petits drapeaux. Si Louis-Napoléon se présenta d'abord comme une victime du monarque renversé, et qu'il se présenta en bon républicain qui veut éteindre la misère par le travail, la presse de droite se mit à le soutenir en le montrant ni de gauche ni de droite, c'était-à-dire de droite, en reprenant l'une de ses déclarations : « J'ignore si la France est républicaine. Je vois dans son histoire deux éléments monarchique et républicain exister. » *Le Constitutionnel*, saisi jusque-là de doutes, se rallia à son nom, puis *La Presse* de Girardin, puis des feuilles royalistes. Il devint le candidat de la droite et s'efforça de dénigrer leur ancien champion, Cavaignac le malhonnête : « Il régla ses vieilles notes de tailleur avec les fonds budgétaires. » Louis-Napoléon disait aussi que voter contre lui c'était voter contre les masses populaires, et affirmait que, étranger à tous les partis, il les conciliait tous. Grâce à lui, la confiance allait revenir, le crédit allait se développer, et le commerce, et l'industrie. À la suite de Saint-Simon et de ses disciples, il réclamait une France industrielle comme Notre Présent Monarque une France de la technologie et de l'entreprise. Pour trente centimes on achetait des médailles à l'image de Louis où était gravée au verso sa devise : « L'Industrie et la Liberté ».

Élu au Château à quarante ans, lui aussi, le neveu du Grand Empereur enrôla des socialistes utopiques pour consacrer son projet ; Michel Chevalier devint son conseiller économique, Prosper Enfantin le chantre de la Femme, du chemin-de-fer et d'un canal à Suez, les frères Pereire inventèrent la banque populaire ; il fallait casser l'ancienne monarchie et poster en vigie des producteurs qui, par la science et l'industrie, devaient nous permettre d'accéder à un Nouveau Monde qui préfigurait Metropolis, puisque chaque progrès entraîna après lui une foultitude d'effets pervers ; ces trains qui couvrirent bientôt l'Europe d'un réseau ferré ne transportèrent pas que des touristes désireux de bronzer au soleil de la Côte d'Azur, mais déplacèrent par milliers des soldats en armes pour rejoindre plus vite des champs de bataille lointains. N'y voyait-on pas l'univers infernal des techniciens et des banquiers où choisissait de nous emmener Emmanuel-le-Moderne comme un troupeau consentant vers un abattoir aux aspects de clinique ? Vers le meilleur des mondes décrit par Aldous Huxley ?

À quoi ressemblaient les premières troupes disparates qui avaient porté Notre Succulence au pouvoir ?

C'était un amalgame d'individus que reliait une envie de chambouler radicalement ce personnel politique devenu rance, lequel nous mitonnait depuis des lustres dans ses mêmes vieilles marmites les mêmes recettes fades. S'engager d'un clic sur son ordinateur facilitait le militantisme de canapé, gratuit mais sans garantie de suite. Le Prince put dénombrer les bons élèves au détriment des cancres, qui ne valaient rien car, par définition, ils n'étaient pas rentables. Il fallait visiter la ruche où bourdonnaient les sectateurs du Nouveau Monde : elle s'apparentait davantage à un campement de scouts qu'à une organisation structurée à l'antique. Les locaux parisiens de la rue Sainte-Anne, au numéro 63, faisaient partie avant la Révolution du couvent des Nouvelles Catholiques où l'on farcissait de religion les jeunes parpaillotes converties au lendemain de la révocation de l'édit de Nantes. Une odeur de missel flottait encore dans l'atmosphère car on y croisait toujours de nouveaux convertis inattendus aux évangiles libéraux de Notre Époustouflant Monarque. Le quartier alentour, anciennement gay, abritait une floppée de mangeoires japonaises souvent tenues par des Chinois et l'authenticité des plats n'était pas garantie. Vous franchissiez un porche, puis une cour et puis une autre, c'était là, mille mètres carrés sur six étages, derrière une façade moche et neutre. Les pas des militants, des jeunes, étaient étouffés par la moquette neuve, et ça pianotait devant des écrans et derrière des cloisons vitrées comme dans un aquarium géant. On pouvait lire sur une pancarte oubliée d'avant les élections : « La maison n'accepte pas l'échec » ou, sur un post-it : « Je me lève heureux de changer le monde. » Les nouveaux séminaristes de cette entreprise étaient reliés aux responsables des cent dix paroisses départementales pour livrer des instructions afin de répandre la parole sacrée venue d'en haut. Une hiérarchie se mettait en place sans le dire et les adhérents de base n'avaient déjà plus leurs mots à placer ; ils n'influençaient pas la stratégie du groupe, ne parlaient que d'efficacité et de performance. Même les bénévoles étaient recrutés sur entretien. Les plus convaincus étaient hébergés dans les ministères ou à l'Assemblée, les autres ramaient sans broncher comme de simples missionnaires.

Vantée à l'origine de l'aventure, la démocratie participative s'évanouit avec la victoire. Il n'y eut bientôt plus rien d'horizontal dans l'univers des marcheurs. Notre Très Piaffant Souverain avait une conception verticale de son pouvoir. Quelques-uns, pour s'en moquer, le surnommaient Jupiter, et le duc d'Évreux en rajouta là-dessus pour plaisanter : « Et moi je suis Hermès », mais ce dieu des marchands auquel faisait allusion le ministre de la Finance était aussi celui des voleurs. Le Prince était seul au sommet et les décisions partaient du Château. À l'épreuve de cette réalité, les naïfs des premiers temps tournaient de l'œil, à moins qu'encore ébahis ils fussent radieux à l'idée d'être guidés. Ceux qui n'avaient jamais eu d'illusions faisaient malgré tout confiance à Notre Bluffant Seigneur, parce que, disaient-ils, il faut bien lui laisser le temps de tracer des perspectives. Derrière l'enjôlement du sourire se révélait pourtant une grimace. Et la poigne. Dans la discrétion et le feutré, celui-ci s'entoura d'une équipe de trentenaires modernes et technocrates glanés par affinité, pour la plupart des anciens jeunes gens que le M. Strauss-Kahn d'autrefois réunissait autour de lui rue de la Planche pour refonder un Nouveau Monde. Ils s'étaient mis sans barguiner au service du Prince et on les appelait les sacristains tant ils appréciaient le silence et l'ombre pour y exercer leurs activités. Ils flattaient les penchants technocratiques du Monarque Enflammé. Si Louis-Napoléon était intervenu pour modifier le cours des choses à l'aube de l'ère industrielle qui créa la classe ouvrière, le chômage massif et des révolutions sanglantes pendant un siècle, Emmanuel le Majestueux ouvrait l'ère de la Triomphante Technique à laquelle chacun devait se soumettre car il n'envisageait point d'autre voie.

Il croyait que le travail était une vertu à pratiquer joyeusement. Ceux qui oubliaient de s'y soumettre étaient déjetés sur le bas-côté. Qu'ils flemmardent et cueillent des renoncules dans les champs, qu'ils sirotent un vin frais sous le parasol, qu'ils se prélassent mais ne comptent pas sur les autres pour les sortir du marasme où les a menés leur périlleuse insouciance. Sa Majesté Électrique oubliait que les gens ne vivaient pas pour travailler mais qu'ils travaillaient pour vivre. Leurs boulots les passionnaient rarement, qu'en général ils n'avaient pas choisis. Sur leurs écrans obligatoires ils rêvaient aussi, mais à leurs prochaines vacances. S'ils semblaient affairés, les yeux papillotant sur leur ordinateur de bureau, ils comparaient les prix des campings et songeaient à retenir des places avant la date fatidique où, enfin, ils pourraient ne rien faire d'utile, à mille lieues des lois implicites de Notre Suractif Souverain : performance, concurrence, rapidité, enthousiasme, record, héroïsme quotidien. Que chacun se transforme en entrepreneur, préconisait-il, mais beaucoup n'en avait aucune envie. Ils ne voulaient que la paix et du soleil, n'avaient pas assez d'énergie pour la gaspiller. « Il n'y a pas d'autre voie », répétaient cependant le Prince et ses rares conseillers de l'ombre. « Y a-t-il une autre voix ? » lui répondaient les gens. M. Jacques Ellul avait naguère évoqué avec ironie ce terrorisme idéologique dans son *Bluff technologique* : « Cette société informatisée, totalement technicisée est *fatale*, inévitable, donc allons dans ce sens, faisons-la arriver, procédons à l'accouchement, intégrons dès maintenant les jeunes dans ce monde. » On ne donne pas d'autre choix, protestait Jacques Ellul.

Sa Majesté se révélait : il fallait obéir. On nommait cette déférente courbette le *perinde* dans les collèges de jésuites, ce raccourci familier des connaisseurs pour *perinde ac cadaver*, obéir comme un cadavre, se soumettre aux ordres du supérieur, un cadavre qui n'a plus aucune chance de broncher avant de se retrouver, fourbu après une courte retraite, dans une tombe ou dans une urne, vite éparpillé pour engraisser des géraniums. En vérité je vous le dis, Notre Divin Manager ne s'adressait qu'aux guerriers du Nouveau Monde dont il adulait les trouvailles. Las ! Il était passé de Balzac à Bradbury. Capable d'autodafé ? En tout cas, il choyait le résultat et repoussait le compromis. On l'avait croisé dans des expositions technologiques où il prenait un évident plaisir à caresser le crâne triste des robots : ils avaient réponse à tout, ces petits lascars ! On l'avait vu à la foire internationale de l'électronique, à Las Vegas, puis à la French Touch Conference de New York, au grand salon de l'innovation de Tel Aviv où il chercha à séduire d'éventuels partenaires comme l'université Technion de Haïfa, laquelle il pensait jumeler avec notre École polytechnique. Les nouvelles technologies l'inspiraient et il n'imaginait pas qu'on pût y être réfractaire. Il rêvait de Parlo ; cette start-up venait de lever un million et demi de dollars pour son application bouleversante qui renseignait les conducteurs à la recherche d'une place pour se garer en ville. Gagner du temps n'avait pas de prix.

Pour marcher dans cette voie et se reconnaître entre mutants, il fallait utiliser le charabia en vigueur dans les entreprises performantes, américaines ou américanisées. Notre langue était justement en train de s'appauvrir grâce aux efforts répétés des gazetiers qui espéraient que le grand public les comprît, lequel usait d'un vocabulaire réduit de réfugié dans son propre pays. Parfois, à la suite de Charles Ier de Gaulle qui glissa *tracassin* dans un discours et se fit applaudir, Notre Prince osait lui aussi un mot ancien comme *carabistouille* mais chacun rit du cuistre. Le climat avait changé entre-temps. Désormais étaient apparus des mots nouveaux, assez flous pour en remplacer cent autres plus imagés, plus précis, plus nuancés et plus compliqués à retenir dans des mémoires anémiées. Ainsi entendait-on tous les jours un politicien nous expliquer que telle décision avait été *actée*, ou tel gazetier affirmer que les orages avaient *impacté* les vignes. Confusément, on comprenait que l'orage et la vigne avaient un point commun sans en connaître les dégâts ou les bienfaits. À la place d'*impacter* on aurait été avisé de se servir dans la gamme des verbes existants qui auraient nuancé une information qui ne nous informait plus : tremper, abîmer, balayer, pourrir, ratatiner, détruire, casser, foudroyer, brûler, noyer, accidenter, déraciner, esquinter, ratiboiser, dégrader, tuer, bouleverser, ruiner, déchirer… Il en va de même avec *acter*, cet autre verbe qui évacue toutes les nuances et ne signifie rien. Prenez : « La directrice de l'école *acte* l'interdiction du portable. » On aurait dû se contenter, en français, d'être simple et d'oublier ce verbe : « La directrice interdit le portable. » D'autres verbes, plus francs, auraient pu nous révéler l'humeur de la directrice : décider, décréter, choisir, saisir, confisquer, chasser, bannir, refuser, etc. Ainsi lavée, notre langue était prête à se livrer aux barbares.

Notre Manager Maximo parlait *fluently* l'anglais des Amériques. Il imposa à ses troupes un code de vocabulaire numérique pour mieux flotter dans l'air du temps. Tous les langages codés ont quelque chose d'enfantin, le sien n'échappa point à ce travers. Cette langue à côté du français rassurait les individus qui l'employaient et surtout les isolait du troupeau, trop conventionnel, trop populacier, trop dépassé. Ce jargon nouveau s'apparentait aux jeux indéchiffrables des gamins de toutes les époques. M. Pagnol l'a raconté dans son *Temps des secrets*. Au lycée comme aux bains de mer, les adolescents devaient prendre un ton malin et supérieur pour rejeter l'Ancien Monde, alors ils s'inventaient un abécédaire avec des mots inédits qui les protégeaient des adultes, un lexique tarabiscoté et mystérieux qu'eux seuls comprenaient. Ces jeunes grandissaient, quittaient leurs amis et leur quartier, ils entraient dans des métiers où ils retrouvaient un autre langage, professionnel cette fois, qu'ils apprenaient comme un argot pour appartenir à une nouvelle bande. Il en fut pareil avec nos marcheurs ; ils décalquèrent dans leur vie politique la langue des entreprises performantes, et, la tête dans leurs écrans miraculeux, ils parlaient ainsi que leur nouvelle tribu avec des anglicismes ou des expressions déformées par la publicité, obscurs aux béotiens. Les marcheurs n'étaient plus des bénévoles comme au patronage mais des *helpers*, surtout pas des militants, ce qui rappelait trop les partis qu'ils s'acharnaient à réduire en poudre. Ils disaient *challenge* pour défi, *process* pour méthode, *claim* pour revendication, *snackable* pour une idée résumée en slogan. Ils disaient aussi *coworking* pour travail en équipe, ou *pole event* pour désigner le service qui organisait des rencontres avec leurs électeurs. Pour évoquer la démocratie, ce vieux mot, le Prince avait employé dans un discours un terme appris à la banque, *bottom-up*, lequel signifiait que la parole allait du bas vers le haut, que les nouvelles arrivaient au sommet depuis la base ; l'expression avait été chipée aux saoulographes grands-bretons qui disaient « fesses en l'air » afin de traduire notre « cul sec » lorsqu'ils levaient le coude au comptoir du pub. On trouvait également des mots français chargés d'un autre sens qu'à leur origine : par exemple tout devenait *disruptif*, un terme de la physique né en 1856 : il rendait compte d'une étincelle qui dissipait en explosant une grande partie d'énergie accumulée. Dans la langue normale, cela en revenait au mot *rupture*, si trivial et moins moderne. On compliquait parfois pour rien. À quoi servait de changer *concertation* en *coconstruction* ? À devenir jeune et neuf.

Notre Fracassante Majesté était en même temps moderne et moral, mais ses marcheurs n'étaient pas des saints. Dès le commencement de leur parcours, on vit flamboyer des hiatus. Cela toucha même des apôtres dans la familiarité du Prince, lesquels durent honteusement se renier comme saint Pierre, ce menteur qui certifiait qu'il ne connaissait pas cet homme, devant Jésus que des légionnaires romains empoignaient. À peine un premier gouvernement eut-il été nommé et la première réforme lancée pour moraliser la vie politique sous la férule du duc de Pau, que ce bel ensemble fut aussitôt écorné par la mise en accusation d'un apôtre de la première heure, M. Ferrand, un baron du Finistère qui ressemblait à un notaire à cause de son bedon naissant et de son poil gris en ondulations.

L'affaire éclata avant la fin du mois de mai, dans la même gazette satirique qui avait torpillé la réputation du duc de Sablé. Les lecteurs, soit ébahis, soit amusés selon leurs accointances, apprirent par le détail les manigances financières du nouveau ministre de la Cohésion des territoires. La cohésion, justement, il n'en manquait pas et, dans un certain sens, il l'avait trouvée dans sa vie privée et la façon d'enfler son patrimoine mine de rien. La gazette le dénonçait fort : « La mutuelle dont il était le directeur général a loué des locaux commerciaux dont la propriétaire n'était autre que sa compagne. » Suivaient des précisions chiffrées difficiles à contredire. La combine révélée, cette loi morale promise en fut froissée avant d'être formulée. Où filait la transparence annoncée ? Les intérêts publics se mêlaient donc aux intérêts privés comme dans l'Ancien Monde détesté ? D'autant que, résurgence des vieilles mœurs, le baron avait employé son fils comme assistant parlementaire, imitant par là d'autres indélicats. Le climat était déjà à la suspicion que les dénégations de M. Ferrand ne modifièrent en rien ; il tenta pourtant l'humour féroce : « C'est un cadeau de bienvenue pour ma nomination au gouvernement, répondit-il, et l'on essaie de faire d'un acte de bonne gestion une pseudo-affaire ! » La défiance l'emporta dans l'opinion.

Notre Incorruptible Seigneur prônait toutefois la vertu, à l'égal de Robespierre quand il se dressa au Club des Jacobins, en décembre 1791, et dit d'une voix aigrelette : « La défiance, quoi que vous puissiez dire, est la gardienne des droits du peuple. » Et l'entourloupe, même légale, est bien mal considérée. Notre Fier Souverain était-il embarrassé ou niait-il cet écart passé ? Il se rendit à Vannes au chevet d'un enfant handicapé, il tourna en mer sur un remorqueur de sauvetage, considéra des poissons qui gigotaient dans un filet, se voulut proche des pêcheurs et ne confia pas un mot aux gazetiers. À la préfecture de Vannes il déjeuna avec des élus bretons *et avec M. Ferrand.* Ils ne se quittaient plus, ces deux-là. Entre-temps, le parquet de Brest avait ouvert une enquête préliminaire sur les gains du baron et les marcheurs de la base s'inquiétaient : ne vaudrait-il pas mieux que le ministre démissionnât avant les élections législatives ? Son affaire risquait de réduire la victoire. « Voilà ce que ça représente, de recycler des vieux de la vieille du Parti social et de les déguiser en marcheurs. Cela ne colle plus, les gens ne veulent plus de ça ! » Notre Monarque passait outre. Ses proches du mouvement virent M. Ferrand blême et peiné, on aperçut la Princesse Brigitte qui lui remontait le moral à voix basse sur le balcon du Quartier général, et le Souverain avait sa politique déjà faite. Il insista là-dessus au Conseil de ses ministres : « Les choses ne vont pas forcément bien quand la presse devient juge. » Les gazettes le fatiguaient, il devait réduire sans tarder leur pouvoir de nuisance.

Pour atténuer les critiques on changea le nom de la loi en cours. Elle ne s'appelait plus « loi sur la moralisation de la vie publique », mais « loi pour restaurer la confiance des citoyens dans l'action publique ». Sa Majesté croyait encore que les mots changeaient tout.

Il n'y avait pas que les carambouilles de l'apôtre Ferrand pour salir le commencement d'un règne immaculé. Afin d'enrayer une épidémie de révélations sur les profiteurs de l'Ancien Monde égarés dans le Nouveau, il fut heureux de trancher le mal à ses racines, et une ère différente s'ouvrit, celle de la dénonciation vertueuse, dangereuse mère des populismes qui surgissaient victorieux un peu partout dans les royaumes d'Europe et du monde ; les purs discours de Saint-Just conduisirent en effet M. Pol Pot à martyriser le Cambodge avant de mourir dans son lit. Les malins qui avaient cru que la politique leur ouvrait une carrière se mirent à déchanter car ils n'y voyaient plus guère leurs intérêts. M. le duc de Pau planait au-dessus de ces projets mercantiles. Ce Béarnais ne cherchait pas à proprement parler le pouvoir et ses facilités, mais plutôt les moyens de faire pression sur le pouvoir, et montrer son influence.

Au rez-de-jardin de l'hôtel de Bourvallais, place Vendôme, à une portée du Ritz d'Hemingway et de la princesse Diana, il se sentait appartenir au beau monde parisien et polissait sa très chrétienne loi de moralisation. Il ne prit garde au tonnerre qui grondait sur sa tête, il se disait que la foudre allait le contourner comme souvent à la campagne. Elle frappa pourtant ses proches, les peu nombreux fidèles de son indécrottable groupe centriste, ainsi la baronne Goulard devenue sa collègue aux Armées : le Parlement européen lui réclamait des comptes sur l'emploi de ses assistants, plus assidus à son bureau de Paris qu'au Parlement. Même coup de semonce pour l'alter ego du duc de Pau, la marquise de Sarnez, engluée dans une affaire comparable. La première démissionna du frais gouvernement pour mieux se défendre, la seconde fut exfiltrée discrètement vers la présidence de son futur groupe de parlementaires, suivant à la lettre l'itinéraire de M. Ferrand que voulut Sa Majesté.

Le duc de Pau n'était pas inquiet.

Il était seulement maladroit.

Oui, il avait envoyé un message de soutien à la marquise, mais cela restait d'ordre privé quoique l'étourdi eût effacé *a posteriori* le titre ministériel de son tweet. Il enchaîna les erreurs. N'alla-t-il point protester auprès d'un dirigeant de Radio France à propos des enquêtes sur les emplois européens fictifs de ses affidés ? Il le reconnut en précisant qu'il ne s'agissait ni d'un ordre ni d'un chantage mais d'une simple conversation. Un ministre n'avait plus le droit de bavarder ? « Je ne renoncerai jamais à ma liberté de parole », dit-il en se drapant dans une toge imaginaire. Et il continua ses gazouillis. Sa Blessante Majesté avait-elle voulu régner par ordonnances pour accélérer les procédures ? Il la critiqua comme un maître son élève au lieu de se taire, et il confirma même son jugement dans des gazettes.

Cela déplut au Prince qui le punit en ne lui répondant pas au téléphone pendant toute une journée. La mauvaise humeur du Magnifique était visible, on se demanda s'il ne cherchait pas à éliminer son encombrant ministre, lequel se répandait partout : « Je suis un faiseur de roi ! Je suis intouchable ! »

Le duc avait bien profité de l'alliance par lui proposée. Son minuscule parti centriste était moribond. Il avait dû licencier vingt salariés sur vingt-six, libérer la moitié de son siège de la rue de l'Université, à deux pas du Palais-Bourbon. Les aides parlementaires avaient fondu. Allait-il au dépôt de bilan ? Le ralliement au Prince l'avait renfloué en finançant sa conférence de presse décisive à vingt-cinq mille euros ; s'y ajoutèrent quinze mille euros pour ses frais de déplacements au service de Notre Industrieuse Majesté. Les marcheurs, pour soixante mille autres euros, lui offrirent également deux salariés et l'impression de ses tracts, jusqu'à la révélation qu'une dizaine de ses permanents avaient été indûment rémunérés par l'Europe...

Quoi qu'il en fût, rien n'entamait la sérénité de M. le duc de Pau. Sa loi de moralisation l'occupait à plein temps. Réalisait-il qu'il devenait un embarras ? Pas un instant. Depuis des années il répétait : « La démocratie est empoisonnée dès qu'il y a du soupçon. » Il omettait de mentionner son cas présent. Il ne sortait plus de sa loi. Il y exigeait que les députés ne pussent point cumuler leur mandat avec une profession de conseil, il interdisait ces emplois familiaux qui avaient amené tant d'abus, il limitait dans le temps les mandats des élus locaux... Transparence! criait-il, transparence! Plus de privilèges automatiques! Plus d'avantages acquis!

Le duc en était certain : les envieux, que sa loi dérangeait, complotaient pour l'abattre. Pensez donc, une loi phare! La première du règne! Cependant il se vivait cerné. La baronne Goulard lui avait montré l'exemple, pouvait-il encore s'accrocher à son poste? M. de Pau, tête de cochon, buté mais résigné, pensa à ce qu'on chuchotait contre lui. Il choisit de préserver son image plus que son confort ou que sa gloriole. Il pondit donc un communiqué pour annoncer qu'il ne ferait aucunement partie du gouvernement nouveau que le Prince nommerait au lendemain des élections législatives. Il resta un mois et deux jours garde des Sceaux et quitta la place Vendôme sans bruit.

M. le Premier Valet de chambre, duc du Havre, respira mieux après ce départ espéré. Il dit même : « M. de Pau était ingérable! Dès qu'il avait la capacité de gêner, il ne pouvait pas s'en empêcher. On ne pouvait continuellement tenter d'avancer en se retournant toutes les cinq minutes pour voir si le duc n'avait pas encore fait des siennes! »

Chapitre V

Banalité de la violence. – Les troupes de Sa Majesté envahissent la Chambre. – Portrait des nouveaux venus. – Brusque dérive des anciens partis. – Les gazetiers aux oubliettes. – Silence dans les rangs ! – Le tsar à Versailles. – L'impassible Vlad. – Un Américain à Paris. – L'art de le cajoler. – Un général trop bavard est mis au pas. – Imitation de la politique du pape.

La violence des crétins islamistes figurait en bonne place dans notre vie quotidienne et nous y étions presque habitués. Les attentats spectaculaires de commandos mille fois préparés par les envoyés d'Allah sur terre n'avaient plus cours, puisque ces derniers ne possédaient maintenant que trois arpents de sable dans les déserts d'Orient au lieu de leur califat rêvé. Trop de bombes, trop d'assauts les avait rétrécis mais ils s'activaient fortement sur les réseaux numériques afin d'inciter leurs recrues à tuer. L'attentat devint donc un exercice solitaire chez les têtes molles et enflammées qui éliminaient des mécréants, bien plus nombreux, avec ce qu'ils avaient sous la main comme objet usuel ; un couteau de boucher détourné de sa fonction, laquelle consistait à découper un gigot en tranches, suffisait à assassiner sans raison n'importe quel anonyme et n'importe où. L'Europe de l'Ouest en pâtit pendant ce printemps. Le 18 mars, Ziyed-le-Cinglé essaya de s'emparer du pistolet d'une soldate en patrouille à l'aéroport d'Orly, mais elle se débattit et il eut juste le temps de crier son amour au commanditaire, Allah, avant d'être mitraillé. Quatre jours plus tard, sur le pont de Westminster, un autre malade, Khalid-le-Névrosé, renversa des dizaines de promeneurs au volant de sa voiture, dont il sortit pour poignarder un policeman devant les grilles du Parlement de Londres. Il mourut aussi par balles. Le 20 avril, Karim-le-Sanguinaire se posta devant un car de police arrêté aux Champs-Élysées et tira à bout portant sur un gardien de la paix qui mangeait un sandwich. Il fut prestement abattu. Un mois plus tard, à Manchester, au sortir d'un concert, Salman-l'Imbécile se fit exploser dans la foule et provoqua vingt-deux morts et cent seize blessés. Le 3 juin, sur le London Bridge, un van faucha des passants qui marchaient sur le trottoir, puis les trois débiles assaillants attaquèrent au poignard les clients d'un pub : huit morts, quarante-huit blessés. Le 19 juin, encore sur les Champs-Élysées, Adam-le-Converti attaqua un convoi de gendarmes mobiles à quelques mètres des portes du Château. Il transportait des bonbonnes de gaz qui lui explosèrent au nez. Ces actions donnèrent des envies antimusulmanes à d'autres loufdingues, comme ce père de famille gallois qui fonça en camionnette sur les fidèles d'une mosquée de Finsbury Park.

Chez nous, les gens étaient à la fois soumis et nerveux. Tout cela finirait par une série télévisée, se disaient-ils, en s'amusant d'autres violences plus courantes comme les enfarinages et les gifles, mais il y eut de l'innovant contre deux partisans du duc de Sablé, dans un café de Rennes où un groupe adverse les arrosa de pipi et de soupe de poisson. Le ton montait dans la vie ordinaire, en ces temps électoraux. La marquise de Prosciutto-Morizet, une antique figure en vogue du Parti impérial, en fit les frais. Elle menait sa campagne pour les législatives, place Maubert, où elle distribuait des tracts à son image. Un homme d'environ cinquante ans que ce cirque indisposait lui arracha son paquet de tracts et le lui jeta à la tête en la traitant de « bobo de merde ! » Elle tenta de se protéger de la main, l'agresseur la repoussa, elle trébucha sous le choc et s'affala sur le macadam où elle demeura de longues minutes inconsciente. Des pompiers la transportèrent à l'hôpital Cochin. Elle souffrait d'un traumatisme crânien, assez bénin, qui réclamait du repos. Ce fut la fin de sa prometteuse carrière politique.

C'était un beau dimanche qui annonçait l'été. Fatigués par une année d'élections successives, épuisés d'avoir avalé tant de bobards, les gens préféraient fôlatrer dans les bois, même s'ils ne trouvaient plus de fraises sous les fougères, ou barboter au bord de la mer, même si l'eau était encore froide mais se réchauffait. Ils furent plus de la moitié à ne pas aller voter, un record, mais de toutes les façons ils savaient déjà les résultats de ce deuxième tour de scrutin qui allait emmener une majorité large de marcheurs à la Chambre. Sa Majesté bénéficiait d'un effet mécanique ordinaire qui consistait en principe à donner des moyens d'action à celui qu'on venait de placer sur le trône du Château. Seuls les indifférents ou les déçus, qui n'avaient plus de candidat, refusèrent de se déplacer. Notre Prince chanceux se retrouva à la tête de trois cent huit élus qui rêvaient de changer leur pays. Pas de triomphalisme, avait prévenu le Monarque qui poursuivait ses obligations ; il lui fallait recevoir son homologue du Sénégal, dîner avec la Première des Grands-Bretons qui voulait quitter l'Europe sans vraiment la quitter, puis visiter le roi du Maroc. Notre Souverain Avisé n'ignorait pas que, s'il avait récolté sur son seul nom 32 % des votants, cela se réduisait à 15 % des inscrits, d'ailleurs il avoua que son élection rimait avec effraction. Lucidité et en même temps coquetterie ; la physionomie de l'Assemblée, quels que fussent les commentaires, en fut bouleversée. Les nouveaux venus découvraient brusquement un métier qu'ils soupçonnaient à peine sans en connaître les ficelles.

Ces inconnus savaient pourquoi ils étaient assis sur les coussins de l'hémicycle. Une ouvrière de Drancy leur avait expliqué son vote : « J'ai pas voté pour un programme mais pour faire le grand ménage. J'ai terminé aux législatives pour tourner la page. »

Eh oui, en débarquant ils s'imaginaient agir. Ils espéraient incarner le retour des simples citoyens dans la fabrication des lois. Le grand Hervé, un jeune enthousiaste, diplômé de la *London School of Economics*, avait été choisi par les Côtes d'Armor, une terre agricole, et il prétendait maintenant inverser les rapports avec les industriels de l'alimentation, et de surcroît résoudre la crise du lait. Un homme d'affaires lyonnais, chauve et expert en baratin, côtoyait une cartomancienne de Haute-Garonne et un mathématicien en lavallière qui entendait conserver ce signe distinctif un brin adolescent. Deux tiers d'entre eux étaient des cadres ou des intellectuels ; enseignants, industriels, patrons, avocats, médecins ; et un ouvrier. Ils arrivaient en nombre conséquent du Parti social ou bien débarquaient en petit bataillon de la droite modérée ; les autres tombaient des nues. On se persuadait que les clivages n'existaient pas en ravalant ses désaccords. L'Assemblée se rafraîchit ; féministe et rajeunie pour la première fois, ce groupe des marcheurs comptait plus de femmes que d'hommes, et trente-deux députés avaient moins de trente ans. Le peuple avait espéré tout chambouler, comme l'affirmait notre ouvrière de Drancy précitée, mais ce n'étaient pas les milieux populaires qui s'étaient ici exprimés ; ils criaient à bas les vieilles badernes et leurs petits arrangements, à bas les privilégiés, à bas les élites !

Des jeunes notables remplaçaient les vieux notables.

Notre Savoureux Monarque avait sans doute une majorité mais fragile et sans expérience, hégémonique mais brouillonne, qu'il confia à deux de ses apôtres pour la guider et lui enseigner les nouvelles manières, autrement dit la canaliser, la souder comme une équipe, la soigner, la dresser. Les méthodes de l'entreprise semblaient s'imposer. Ils devaient tous jouer ensemble, s'assouplir dans des séminaires, se réunir en ateliers pour apprendre l'art du vote à main levée et la façon de répondre la mieux médiatique.

L'armée du Prince recevait en outre l'assistance des quarante centristes, partisans du duc de Pau, qu'il fallait choyer. L'alliance avec leur chef avait payé et le duc lui-même le disait : « C'est le groupe historiquement le plus fort qu'on ait connu. » Oui, puisque avant il n'y en avait jamais eu. D'autres renforts plus sournois allaient surgir au cas par cas, qui venaient de tous les partis classiques que Notre Rusé Souverain avait su émietter. L'opposition ne pesait pas lourd, mais elle s'ingéniait à la fragmentation permanente et se divisait encore. Le Parti impérial avait perdu les trois quarts de ses représentants mais avait surnagé, quoiqu'il convenait de remobiliser les survivants, lesquels se chamaillaient et se répartissaient en courants contraires, naviguant entre une droite extrême et une autre plus modérée. Le baron de la Méluche et ses Insoumis entrèrent à la Chambre comme au théâtre, bateleurs sans cravates pour produire à l'occasion leur spectacle. Quant au Front populiste de Mlle de Montretout, il s'interrogeait sur la création en son sein de courants divergents pour mieux se déchirer ; ulcérés, éprouvés par leur mise au rencart, ces survivants faisaient le ménage à l'intérieur d'une formation fantomatique.

Il y avait aussi l'opposition des syndicats, qui avaient beaucoup maigri mais conservaient une capacité de nuisance en poussant des foules dans la rue afin de contrer les mesures du gouvernement. Le Prince décidait la ligne à suivre ; ce serait au Premier, M. Philippe, de s'occuper des éventuels troubles, selon le rôle qui lui avait été dévolu. Pour l'aider à acquérir une stature, Notre Grand Malicieux lui avait fait parvenir un livre du pape François où celui-ci détaillait les qualités d'un proche compagnon de Loyola, Pierre Favre, évangélisateur très fin et très habile dont il parlait en ces termes : « Il préconisait le dialogue avec tous, même avec les plus lointains et les adversaires, la piété simple, une certaine ingénuité peut-être, la disponibilité immédiate, son discernement intérieur attentif, le fait d'être un homme de grandes et fortes décisions, capable en même temps d'être si doux… »

Le Premier fut sommé d'appliquer le style courant des jésuites qui mêlait l'onctuosité à la fermeté, pour désamorcer l'effet négatif des multiples réformes proposées, qu'on préféra appeler *transformations*, tant le terme de réforme était dévalué. Au Congrès qui avait réuni députés et sénateurs, à Versailles dont la pompe lui plaisait, Notre Coruscante Majesté avait donné un interminable discours, plutôt soporifique, où elle avait évoqué la *transformation* profonde du pays et son esprit de conquête. Nous y étions et sans délais. Le Premier fut nommé *de facto* archiprêtre et usa du vocabulaire désormais en vigueur dans cette vaste entreprise qu'était devenu le Château. L'abbé Philippe parla d'une concertation intense étalée sur trois mois ; il ajouta avec un sourire craquant que les délégués des syndicats avec lesquels il discuterait seraient entendus, respectés, écoutés. L'été promettait d'être laborieux mais sans nuages. Il n'allait pas privilégier, comme cela s'était souvent fait, une organisation mieux malléable contre d'autres plus rageuses. Chacun espérait juger sur les actes. « Bien entendu, poursuivit l'abbé Philippe, je ne vous prends pas pour des naïfs ! » Ce qui était faux au départ, car ils avançaient déjà ficelés, même si les plus radicaux promettaient des orages ; ils s'apprêtaient à contester un programme qui était, selon eux, celui des patrons et de la finance pour casser le code du travail gras comme un annuaire. On vit réapparaître les anciens clivages honnis, puisque les élus qui restaient à gauche tonnèrent contre et que la droite fut bien obligée d'approuver les mesures qu'elle aurait eu envie de prendre. Sondés dans leur tréfonds, les sujets du Prince restaient cependant méfiants, inquiets et sceptiques.

Vint le temps du portrait officiel, qui serait accroché dans les écoles et dans les trente-six mille mairies du royaume ; on allait mourir, naître, se marier et divorcer sous le regard bienfaisant mais autoritaire du Prince. Celui-ci prépara lui-même et avec soin la mise en scène, sa posture et son décor. Il se planta le dos à une fenêtre ouverte sur les arbres du Château, en même temps dehors et dedans, les mains crispées sur le rebord d'un bureau, bras tendus, à demi assis sur la table comme cet acteur d'un feuilleton américain qui figurait un président dans son bureau ovale, comme M. Obama lui-même, son modèle inconscient, sans le sourire éclatant du professionnel mais plus pincé, le regard fixé dans les lointains comme pour nous hypnotiser. En cadre, les deux drapeaux habituels, le tricolore et l'étoilé aux couleurs de l'Europe. Sur la table, à côté d'un presse-papiers en forme de coq doré, tout un bric-à-brac d'objets avait été choisi pour définir la personnalité du nouveau locataire. Trois livres de la Pléiade étaient disposés de part et d'autre, dont l'un ouvert au hasard, les *Mémoires de guerre* du général de Gaulle, puis, fermés, un volume d'André Gide et un autre de Stendhal côtoyaient deux téléphones portables, et, en arrière-plan, une pendule qui indiquait 20 h 20...

Sa Majesté Intempestive voulait trancher avec les années agitées et les années assoupies de ses deux prédécesseurs. Il avait confié cette image à son ordinaire photographe, une jeunette qui le suivait depuis ses débuts de campagne et en qui il avait entière confiance, parce qu'il se défiait des gazetiers qui colportaient leurs approximations et leurs interprétations, médiocres limiers qui maquillaient en enquêtes leur goût du sensationnel.

Avec le numérique omniprésent, facile et anonyme, les fausses nouvelles se substituaient aux informations qui relataient des faits vérifiés et prouvés, et éliminaient le doute. On vit que les nouvelles les plus suivies étaient les plus négatives, voraces dénonciations ou insultes et menaces, bref, tout ce qui visait à nuire, un exercice en vogue. Notre Méfiant Monarque entendait garder une distance avec ces usines à ragots et même avec les gazetiers en qui il n'avait aucune foi. Pour l'accompagner dans ses voyages officiels, il choisissait lui-même le petit nombre des élus qui auraient le droit de relater ses exploits, semant de la grogne chez tous les réprouvés. Les agences de presse furent expulsées du bureau qu'elles occupaient depuis le règne de Mitterrand-le-Grand. Elles n'auraient plus ce droit de regard sur les visiteurs qui traversaient la cour au gravier collé et durent déménager au secret de l'hôtel de Marigny, en face du Château, où elles n'avaient vue sur rien. Silence ! Au Château, on traquait les fuites. Les conseillers, par nature si loquaces, se taisaient comme des carpes. Chacun se surveillait, rien ne devait sortir des conversations ni des instructions reçues. Dans certains cas, on devait signer des clauses de confidentialité. Rien ne filtrait plus du salon Murat où se tenaient chaque mercredi les ministres, encore moins du bureau du premier étage, le domaine de M. le secrétaire général où l'on recevait parfois des gazetiers sous une toile de Canaletto, où des réunions régulières et apostoliques répandaient aux nouveaux députés les phrases à prononcer en fonction de l'actualité, et la manière de trousser des répliques convenables.

Notre Succulente Majesté avait donné la ligne à suivre sans en dévier : « En chacun de nous, disait-il, il y a un cynique qui sommeille. Et c'est en chacun de nous qu'il faut le faire taire. Alors nous serons crus. » Quiconque s'employait au Château récitait ce verset et l'appliquait sans réfléchir. Une Cour muette se constitua et les gazettes en furent asséchées. Plus une malveillance à colporter, plus de rivalités ouvertes. Les ministres descendaient le perron sans jamais s'arrêter devant la batterie des caméras et des micros, ils filaient sans un mot, sans un regard, vers la portière ouverte de leurs autos de fonction. Cela marcha à la perfection pendant quelques mois, avant qu'on vît poindre des confidences nocives. Après l'été, le duc d'Évreux, grand Argentier, en fut la première victime. Alors qu'il se rendait sur un plateau de télévision où il se ferait cuisiner, il consulta la page deux d'une célèbre gazette satirique que les politiques découvraient la veille de sa parution. Il sursauta. Sa Majesté parlait de lui. Notre Pétulant Seigneur pensait des horreurs sur son ministre de la Finance. Le duc appela aussitôt le secrétaire général du Château, qu'il devait joindre pour connaître ses réponses lors de l'entretien :

– Tu as lu ?

– Si j'ai lu quoi ?

– Ce que le Prince dit de moi ? Il dit : « M le duc d'Évreux a un côté serpent qui s'apprête à mordre. »

– C'est faux ! Le Prince n'a jamais dit ça !

– Mais quelqu'un l'a dit, et qui m'en veut !

Le duc cherchait à savoir qui avait déversé ce fiel. Chacun, au Château, chercha à débusquer la taupe, qu'on n'identifia jamais ; l'atmosphère en fut empoisonnée.

À Mme de Pigozzi, une familière du Vatican, qui lui demandait s'il supportait chaque jour d'enfiler une soutane blanche, le pape François troussa à deux mains sa robe pour découvrir le pantalon noir des jésuites qu'il portait en dessous. De la Compagnie de Jésus, il avait le langage caméléon et la méthode. Derrière son air bonhomme, ce rigolard de Saint-Père masquait une infernale volonté. Il recevait continuement des chefs d'État parmi les moins présentables, des menteurs, des tueurs, plus de quatre-vingt-dix depuis son élection pontificale en 2013. Certains cardinaux ronchonnaient, il le savait mais n'en tenait aucun compte. Il était devenu influent sur la planète parce qu'il y tissait des liens sans exclusive. Il se sentait international, à l'aise dans son époque, lisant et relisant le père jésuite Teilhard de Chardin qui avait inventé Internet il y avait bien longtemps avec sa noosphère. Les vipères se moquaient de lui en le traitant d'aumônier des puissants, mais allait-il refuser de recevoir un autocrate qu'il espérait toujours convaincre ? Non. Le tsar Vlad-le-Terrible, lequel annexa la Crimée et prêta ses bombardiers au raïs de Syrie, Assad-aux-Mains-Rouges, le visita à deux reprises et reçut sa bénédiction, comme le sultan de Turquie, car le pape ménageait tout le monde.

Il rapprocha enfin les États-Unis de Cuba, négocia avec l'Empereur de Chine, défendit, quoique sans la nommer, une minorité musulmane de Birmanie qu'on exterminait, intercéda partout pour la paix grâce à son puissant réseau d'informateurs en soutane. Il prêcha au Mozambique comme en Centrafrique. À Lampedusa il rencontra des migrants rescapés de la mer devant qui il parla de l'indifférence du monde, ce qu'il répéta devant des parlementaires européens : « Le moment est venu d'abandonner l'idée d'une Europe effrayée et repliée sur elle-même ! » François renouait avec les missions jésuites d'il y avait cinq siècles, et il voyageait en pèlerin obligé dans plus de trente pays pour y marquer son influence désintéressée. Il n'avait rien à vendre. Il partait en Azerbaïdjan ou en Albanie ; en Amazonie, il rencontra les derniers Indiens emplumés que l'argent menaçait de mort, insistait sur l'urgence d'une écologie intégrale, parlait sans discours en improvisant des thèmes populaires que tout le monde savait comprendre.

François servait de modèle à Notre Éminent Souverain qui cherchait à encaustiquer son image internationale pour, disait-il, fortifier son pays. Il y consacrait une stratégie jésuite qui lui mangeait du temps, et pour l'ordinaire des mesures qu'il avait lancées, il se reposait sur l'abbé Philippe et sa docile troupe de ministres et secrétaires. L'imitation de François heurta les tièdes. Quoi, grognaient ceux-ci, il a invité Vlad-le-Terrible à venir discuter au château de Versailles ? Tant d'or et de lumière pour ce tyran du Caucase ? Tout ça pour essayer de lui vendre des avions de combat qui iront bombarder les villes de Syrie et consolider le régime d'Assad-le-Vampire ? Notre Inconsciente Majesté devait-elle se prostituer pour signer des contrats que la Russie allait jeter à la corbeille ? Que le tsar livre son gaz aux Germains et passe son chemin, affirmaient les grognons. La politique amicale du Prince semblait ne connaître plus de bornes. Celle du pape François itou. Cependant, avec qui pactiser, sinon avec l'adversaire séculaire ?

Séculaire, peut-être pas.

L'argument de Notre Rusé Monarque fut d'abord historique, c'était-à-dire bien assis.

Au Grand Trianon en marbre rose, à Versailles, Vlad-le-Terrible fut invité à inaugurer une exposition sur Pierre-le-Grand qui l'habita il y avait trois siècles. Ce colosse des steppes avait selon les circonstances l'œil malicieux ou cruel. Avec son armure d'apparat et une cape d'hermine jetée sur l'épaule, on le voit soulever dans ses bras le roi de France, le jeune Louis XV qui avait sept ans. Vladimir-le-Redouté était très honoré de se comparer à Pierre son ancêtre brutal ; son musée de l'Ermitage avait prêté les deux tiers des pièces exposées, peintures, manuscrits, plans. Pierre avait modernisé Saint-Pétersbourg sur le modèle européen, et il pensa à Versailles en faisant construire le palais de Peterhof. En 1712 il avait ouvert ses fenêtres sur les jardins au cordeau de Le Nôtre, et avait voulu reproduire cet effet d'ordre et de paix dans son pays mal dégrossi. À La Haye, il signa un traité d'amitié et de commerce avec le régent Philippe d'Orléans et scella un pacte d'amitié avec la France. Le vicomte de Guichen écrivit à ce propos, en 1908 : « Pierre-le-Grand, dans un effort pour rompre le cercle où il se trouvait emprisonné, fut donc amené à se tourner vers la France. Son but devait être d'éloigner des voisins importuns qui obstruaient sa route. » Il en était sans doute de même aujourd'hui avec l'autocrate Vladimir qui jouait au démocrate, mais si son ancêtre voulait européaniser la Russie, lui cherchait à russifier l'Europe. Le va-et-vient entre les deux pays avait pourtant été incessant, même pendant les périodes orageuses. Lorsqu'il entra dans Moscou en 1812 avec la Grande Armée, le général Lejeune y rencontra sa sœur au détour d'une rue ; elle était venue se faire soigner les yeux chez un oculiste russe très connu à Paris…

À la fin du mois de juin, la chaleur était étouffante à Versailles. Quand le tsar descendit de sa limousine, serré dans son costume, il suivit le tapis rouge qui serpentait jusqu'à une cour surélevée aux carreaux de marbre noir et blanc où Notre Exquise Majesté l'attendait, piqué comme un pion sur cet échiquier. La partie allait pouvoir commencer. Le Prince se lançait dans la grande diplomatie avec le plus rusé de ses confrères, mais il se savait armé en théorie contre les mensonges d'usage et réfugié dans les symboles. Le tsar Vladimir fut donc reçu avec faste dans les salons et les couloirs du palais de Louis XIV à l'instar de Pierre-le-Grand, tant Notre Majestueuse Majesté aimait éblouir son hôte en dévoilant sa nouvelle puissance qui lui venait de si loin, et il se fit valoir en démontrant qu'il avait des manières pour recevoir les puissants de notre monde, parmi lesquels, modeste et décontracté, il se rangeait désormais, à la fois acteur et metteur en scène.

Il eut un tête-à-tête qu'on dit franc avec Vlad-le-Terrible, puis un déjeuner officiel. Ils parlèrent des frictions présentes, de l'Ukraine déstabilisée, de la Crimée envahie, des punitions ordonnées par l'Europe et du soutien des bombardiers russes au tyran Assad-le-Scabreux avec lequel il faudrait bien discuter pour ne point désagréger le Moyen-Orient comme le tsar voulait désagréger l'Europe. Puis les deux souverains glissèrent sur le parquet ciré de l'interminable galerie des Batailles, entre un tableau de la victoire de Clovis à Tolbiac et celle de Napoléon à Wagram.

Avec une pompe de façade, nos deux potentats offrirent ensuite une conférence à la meute canalisée des gazetiers internationaux. Ils se répétèrent sans éclairer vraiment personne quand Notre Virulente Majesté, à un tournant du discours, s'attarda sur les interventions sournoises de *Russia today* et de *Sputnik*, deux officines tsaristes qui avaient répandu des mensonges infamants lors de la campagne de France, afin d'appuyer l'extrême droite comme il convenait à une ancienne contrée communiste. Lorsque Notre Lumineux Souverain le brossa, l'accusé resta impassible, telle une figurine en cire du musée Grévin. Il confia ensuite avec la voix inexpressive et sans chaleur d'un croque-mort ventriloque aux lèvres immobiles : « Je crois que l'ambiance entre nous est créée. » Disant ces mots il ne plaisantait pas car il n'avait jamais plaisanté de sa vie.

Le Prince prenait plaisir à ces cérémonies au sommet qui ne débouchaient jamais sur un accord. Encadré, surveillé, porté, il ne pouvait plus marcher le nez au vent dans les rues mais il s'y habituait. À Bruxelles, au sommet de l'OTAN, il avait été un instant distrait par les aigles qui détectaient les drones éventuels. Des quartiers entiers étaient bouclés par la police pour assurer la sécurité d'une trentaine de chefs d'État tandis que planait sur la ville une sourde menace terroriste. Des manifestations étaient prévues mais à l'écart, hostiles au président étatsunien qui avait qualifié la capitale belge de trou à rats.

Quoique rien ne dût les attirer l'un vers l'autre, Buffalo Trump et Notre Exaltant Souverain se rapprochèrent puisque tous deux débutaient dans leurs fonctions mondiales que personne n'aurait prédites. Avant même leur première rencontre en Belgique, le Sérénissime Prince s'était renseigné sur les manies du macadam cow-boy, sa versatilité, son caractère pénible qu'il avait étudié de près ; il songea à le surprendre d'abord et à l'épater ensuite en utilisant ses connaissances historiques. Il avait agi ainsi avec Vlad-le-Terrible, il l'aurait fait volontiers avec le sultan de Turquie en lui racontant que le café avait été introduit chez le Roi-Soleil par l'ambassade des

Ottomans. Il ferait valoir à Buffalo Trump que Paris avait inspiré Thomas Jefferson quand il édifia son domaine de Monticello en Virginie. Buffalo Trump était quasi analphabète et il peinait à lire un rapport qui dépassait cinq lignes : au-delà, son attention s'évaporait. Le Prince savait que ce pachyderme n'avait pas franchi l'âge de raison et qu'il était un produit parfait de la société spectaculaire marchande. Il prenait un risque avec ce businessman frelaté.

Buffalo Trump était un gosse de riche qui fut élu par des blancs pauvres, des frileux, des oubliés, des menacés, des méchants, des racistes de naissance. Son père, déjà héritier, était un magnat de l'immobilier à New York et quand le tendre Buffalo Trump eut vingt ans, il lui donna un million de dollars. Avec ce pécule, le rejeton se lança dans l'immobilier de luxe clinquant et de mauvais goût, où il réussit au diapason des nouveaux riches, avec beaucoup de frime et jamais d'élégance. En grandissant, Buffalo Trump cultiva en les accroissant ses talents de gosse de riche. Il était capricieux, sans-gêne, colérique, cruel, enfantin, jaloux, rustaud, ne supportait aucune contradiction et enchaînait avec maestria des mensonges aussi gros que lui. Les faits n'avaient pas la moindre valeur. Il pouvait changer d'avis en permanence, dire une chose et son contraire dans la même phrase, ce qui était assez dangereux quand on dirigeait une puissance fondée sur l'argent et les armes. S'il se rendit populaire dans la classe moyenne et blanche, ce fut à cause de son rôle d'animateur, pendant onze années, dans une émission de téléréalité sur NBC, *The Apprentice*, un show qui mimait un entretien d'embauche où il chassait les candidats avec son célèbre « Vous êtes viré ! » en pointant du doigt les malheureux perdants. Il connaissait le rôle qu'il avait souvent tenu dans la vie, quand il mit à la porte et sans un sou les employés de ses casinos ou de ses palaces en faillite. Comme un animal qui définit son territoire en pissant tout autour, Buffalo Trump se contentait de poser son nom sur une tour de Manhattan, un parfum, un terrain de golf ou un steack haché pour s'approprier ce bien.

Buffalo Trump méprisait les perdants, donc, dès l'abord, Notre Malin Monarque allait lui montrer l'image d'un gagnant pour le bluffer. Quand ils se donnèrent une poignée de main devant des caméras, Notre Prince Joueur garda sa main en la serrant fort afin qu'il ne pût la retirer, les phalanges endolories, qu'au bout de vingt-sept secondes. Il crut avoir gagné. Buffalo le dit aussitôt au *New York Times* : « C'est un gars génial, intelligent, fort, et il adore me tenir la main. » Était-il apprivoisé, lui qui avait quitté l'accord de Paris parce que le changement climatique n'était qu'une invention des Chinois pour casser l'économie américaine ? Ces doutes infantiles ne troublèrent point Notre Souverain, qui convia le Gros Matamore à Paris pour les cérémonies du 14 Juillet.

Toujours prêt à dégainer, le délirant Buffalo Trump manifestait toutefois une sympathie de façade à Notre Œcuménique Souverain. Troublé sans doute par son sourire superlatif qui lui rappelait en filigrane l'éternel

Bobby Kennedy, ce jeune homme ne le rejetait point d'emblée comme la plupart des dirigeants qu'il irritait par ses rebuffades et ses opinions mouvantes. De son côté, le Prince avait compris qu'il n'était pas question de jouer aux échecs, un jeu de stratégie, avec un pareil mastodonte, mais plutôt au poker où s'affrontaient des menteurs professionnels. Buffalo débarqua sur notre sol la veille de notre fête nationale, accompagné par Mélania, le mannequin slovène qu'il avait épousé et traitait comme un meuble (d'ailleurs elle refusa de lui tenir la main à leur descente d'avion). Le Prince n'était pas au bas de l'échelle pour accueillir son hôte de prix, lequel roula vers son ambassade, à une encablure du Château, dans sa voiture blindée de six tonnes au châssis de camion. Il le reçut plus tard en cérémonie. Comme le Prince parlait un anglais d'affaires avec l'accent américain, il se passa de traducteur qui, comme son titre l'indiquait, interprétait les propos échangés sans nuances, et les deux hommes causèrent librement sans ce fâcheux truchement, ils plaisantèrent même en se tripotant, car ils étaient tous les deux tactiles.

La visite débuta ainsi qu'une journée réglée de touristes, à l'Hôtel royal des Invalides où Notre Éclatante Majesté servit de guide éclairé devant le tombeau de Napoléon, dont même un promoteur immobilier de New York pouvait avoir entendu le nom.

– How ! dit Buffalo, tu connais mon conseiller Steve Bannon ?

– Bien sûr, Trumpy ! Votre collaborateur a lu notre Maurras dans le texte.

– Well, eh bien il a chez lui son portrait en Napoléon, une imitation d'un tableau de Davis.

– Oui, de David.

– C'est ça. C'était un cadeau de l'Anglais Nigel Farage.

– Un grand démocrate.

Sa Majesté enseigna ensuite à son aîné leur passé commun en lui rappelant que cela faisait juste un siècle que les *sammies* américains déboulèrent à Saint-Nazaire pour chasser les Prussiens de Guillaume II au nom de La Fayette.

– Et nous irons aux galeries Lafayette ? demanda Mélania à la Princesse Brigitte, tandis que le Prince enchaîna en mêlant l'Histoire et l'immédiat, sur le ton de la flatterie car il avait appris que c'était le point faible du gros businessman. Quelles que fussent les méthodes employées, Notre Jésuite Seigneur gardait par-devers soi l'espoir de convaincre.

Pour enrober le magnat de l'immobilier de mille égards et cajoleries, il l'emmena dîner au restaurant de la tour Eiffel, le Jules Verne, où officiait le chef Passard qui tenait également un restaurant chic à New York et un autre à Las Vegas. Après une conversation au Château autour d'un sujet qui les mettait d'accord, le terrorisme, les deux chefs d'État profitèrent de leur soirée en regardant sous eux un panorama de Paris, cette capitale enroulée autour de la Seine et où les gratte-ciel étaient repoussés aux abords. Après les obligatoires photos, ils passèrent à table pour un repas privé. Lady Mélania était habillée en tricolore et la

Princesse Brigitte en Vuitton sobre. Le chef Passard concocta un menu capable de satisfaire les convives étrangers pour qu'ils ne critiquassent point la cuisine française. Le chef gascon, rompu au difficile travail d'équilibre des goûts, leur avait mijoté des petits légumes farcis en entrée, suivis par des soles dorées que relevait une sauce hollandaise, puis un filet de bœuf Rossini avec un jus Périgueux et un soufflé au chocolat pour clore. Au préalable le cuisinier s'était renseigné, Buffalo adorait le bœuf et le chocolat, il en fut repu et heureux, la relation entre les deux pays, dit-il, était « plus forte que jamais ».

Au matin du lendemain, ce fut le traditionnel défilé qu'encadraient onze mille policiers invisibles. Buffalo adorait les parades. Depuis ses années de lycée à la stricte académie militaire de New York, il gardait une attirance pour les uniformes et la marche au pas. À la présidence, il s'était entouré de généraux dont la compétence restait à démontrer. En tribune, il fut radieux comme un gamin qui découvrait des jouets. Il bichait et, par des commentaires, le Prince entretenait son émerveillement.

Il salua les fanfares, la cavalerie qui lâchait son crottin sur les pavés, les marins, les légionnaires barbus comme des islamistes, puis, dans les airs, le ballet des gazelles, caïmans, tigres et cougars, toute une ménagerie héliportée qui le combla. Du coup, Buffalo Trump se mit à féliciter la France jusqu'à vouloir reproduire ce même défilé chaque année sur Pennsylvania Avenue. La plupart des chefs d'État s'incrustaient sur leur trône et privilégiaient la force pour s'y maintenir, tout autour de notre planète qui ne tournait pas rond. Naquit une soi-disant complicité entre le gros Américain à mèche folle et Notre Vibrionnant Souverain, mais on s'apercevra plus tard du factice de la chose, car à quoi servait de raisonner un bloc de saindoux ?

Le Prince additionnait les déplacements à l'étranger, se ménageant à chaque fois un débat très ouvert et souvent drôle devant un public d'étudiants ravis de le rencontrer, puisque sa réputation l'avait précédé et que les gazettes locales chantaient les louanges du jeune monarque. À l'intérieur du pays, des foyers de crise se multipliaient et les insatisfactions commençaient à poindre. On grondait çà et là que le nouveau Maître était l'Empereur des riches et on apportait des preuves. Le changement fiscal annoncé piétinait et les mesures prises semblaient confuses en se cognant au réel. Il en ressortait un accroissement des inégalités. Par exemple, la taxe d'habitation ne serait pas supprimée tout net. On avait l'impression que seuls les plus fortunés allaient profiter. Ceux-là seraient épargnés, mais non les plus démunis appelés à s'appauvrir encore. Les retraités trouvaient injustes une hausse des taxes franche, sans contrepartie : comment allaient-ils pouvoir subsister ? Les étudiants voyaient rabiotée de cinq euros par mois leur aide au logement, et si au pouvoir on répétait que ce n'était même plus le prix d'un paquet de cigarettes, cela pesait sur la nourriture achetée. Il fallait que l'État fît des économies, sans toucher aux plus riches censés investir leur argent dans l'économie, ce qu'ils faisaient rarement. Les emplois aidés par l'État étaient pareillement menacés. Il fallait supprimer plus de quatre millions d'euros de dépense. Où ce charcutage pouvait-il s'opérer ? Dans l'enseignement supérieur et la recherche, ce qui fit grogner les syndicats. Dans les collectivités locales, ce que dénoncèrent les élus.

Notre Monarque Solitaire n'était pas solidaire. Il prévoyait d'ouvrir plusieurs fronts explosifs en même temps, sinon, adieu les changements. Il devait agir tout de suite et il profita de la léthargie de ses oppositions, habilement morcelées, qui étaient atones.

La gifle vint de l'armée.

Elle devait se serrer le ceinturon et consentir sans broncher à des sacrifices. Le chef d'état-major exprima son désarroi à voix haute. Le budget de la Défense, c'était sa marotte. Pierre de Villiers, général et frère du Vendéen Philippe, entrepreneur de spectacles médiévaux au Puy-du-Fou, avait pressenti l'affreuseté. Il avait voulu s'en aller vers la retraite mais le Souverain lui avait demandé de rester à son poste, car il l'appréciait. Il obéit, mais, avant le défilé des Champs-Élysées, il s'insurgea. Quoi ? Annuler huit cent cinquante millions d'euros de crédits militaires ? On ne pourrait donc pas remplacer un matériel pourrissant ? Il dit « Je ne vais pas me faire baiser par Bercy ! » avec son langage cru d'officier de cavalerie.

Devant les subordonnés du général, le Prince Furibond monta à la tribune dans la cour de l'hôtel de Brienne, où siégeaient les armées, et tint ce discours : « Il n'est pas digne d'étaler certains débats sur la place publique. J'ai pris des engagements. *Je suis votre chef.* Les engagements que je prends devant nos concitoyens et devant les armées, je sais les tenir. » Prononçant ces phrases qui marquaient son autorité, le Prince montra mais à lui seul qu'il avait assimilé les sentences de Loyola, lequel avait écrit à la rubrique 362 de ses *Exercices spirituels* :

> « Un de vos soins principaux doit être, non seulement d'obéir, et de vous conformer aux décrets, statuts, ordonnances de vos supérieurs, qui sont vos véritables pères, de suivre en tout les traditions, les coutumes qu'ils ont établies, les rites qu'ils ont prescrits, mais de les approuver intérieurement, et de marquer à l'extérieur dans toutes vos paroles, et par toute votre conduite, l'approbation réelle et sincère que vous leur donnez intérieurement. Il n'est que trop vrai que tous les supérieurs ne sont pas toujours ce qu'ils devraient être ; cependant il faut bien vous donner garde de faire connaître leurs défauts, ni de mal parler d'eux dans vos conversations ordinaires, bien moins dans les discours publics. Ces sortes d'invectives causent bien plus de scandale qu'elles ne procurent d'utilité. Au lieu d'apporter quelque remède au mal, elles ne servent qu'à

aigrir et révolter les peuples contre leurs princes et leurs pasteurs… »

Quoique fidèle à sa religion, le général de Villiers n'avait pas dû lire Ignace de Loyola. Il démissionna le 20 juillet après avoir passé ses troupes en revue la semaine précédente, debout sur un command car aux côtés de Notre Souriante Majesté. Raide, le général était blême et retenait encore son courroux, qu'il ne retint plus en face des gazetiers qui allaient rendre compte de son départ expédié, et il répéta ses amères confidences sur son blog afin que la publicité fût maximum. Le Prince et ses proches virent une manœuvre des marchands d'armes qui se croyaient déjà à la diète. Cette démission inédite à la tête des Armées se répercuta dans la société, c'était-à-dire chez les chefaillons de l'Ancien Monde, extrémistes compris. Tous, ils accablèrent le gouvernement détesté et coupable de la bévue ; l'extrême droite se mélangea à l'extrême gauche pour former une coalition improbable des mécontents. On partageait un sentiment de gâchis et on le criait haut. Les gazettes évoquèrent une onde de choc, ou une crispation de l'opinion. Enfin le général quitta ses bureaux de Balard, dans le XVe arrondissement de Paris, applaudi par ses personnels qui le guidèrent vers la sortie en formant une haie d'honneur. Pour balayer la morosité des militaires, Notre Gracieux Monarque leur déclara que l'an prochain le fameux budget serait augmenté d'un milliard et demi d'euros. « Je suis derrière nos soldats », dit-il. Puis, il alla visiter les forces de dissuasion nucléaire sur la base aérienne d'Istres en combinaison de pilote de chasse, avec le remplaçant vite désigné de Villiers, le général quatre étoiles Lecointre, lequel emporta à la baïonnette le pont de Verbania dans Sarajevo encerclée. Il avait tout pour plaire au Prince, cet officier de marine héroïque qui lisait Stendhal et Giono.

La bienveillance proclamée par le Prince Souriant ne s'appliquait qu'à ceux qu'il voulait évangéliser, non à ses troupes dont il exigeait l'obéissance, et qu'elles cessassent de discutailler dans son dos. Le pape François mettait en œuvre le même principe en bousculant les siens. Quand il convoquait ses cardinaux à la curie et les incendiait, ceux-ci se rapetissaient dans leurs cathèdres ; ces vieillards comblés étaient alors fouettés comme des malappris et baissaient le nez dans leur pourpre somptuaire. Il les traitait de parasites, d'égoïstes, de traîtres, de comploteurs, d'ambitieux avides, de corrompus, de dégénérés qui cherchaient une vaine gloire et de beaux appartements romains. Il avait nommé leurs treize maladies mortelles, cet alzheimer spirituel, le mal du profit, la mondanité… Leur lenteur l'exaspérait : « Faire des réformes à Rome, fulminait le Pontife, c'est comme nettoyer le sphynx d'Égypte avec une brosse à dents ! » Il prêchait la souplesse, s'en prenait même aux simples prêtres trop rigides « qui mordaient », qui reportaient leurs névroses sur les ouailles avec lesquelles ils se devaient d'être compatissants. Il en profitait, comme toujours, pour étriller les marchés financiers, l'économie idolâtre qui exclut, ces machines à enrichir un petit nombre au détriment de tous les autres, des prédateurs immoraux, des tueurs, des cannibales, des nuisibles. François avait refusé dès ses débuts de vivre dans les appartements dorés du Vatican, il logeait à côté, dans une chambre de la résidence Sainte-Marthe, où il déjeunait en compagnie d'un goûteur, parce que la Mafia détestée et contrée pouvait avoir envie de l'empoisonner.

Chapitre VI

Courtes vacances. – La Princesse dans son rôle. – Une rentrée qui s'annonce rude. – Il n'en est rien. – Tuerie marseillaise. – Le dernier nabab. – La Cité des femmes. – Anniversaire royal. – Noir c'est noir. – À la recherche de héros. – Saint Beltrame. – Saint Mamoudou. – Le Lotus bleu et Tintin en Amérique. – Vaticaneries. – Grèves et baraka. – Foules inertes. – La routine du pouvoir. – Des nuages se forment à l'horizon.

Dieu le Père acheva sa création en sept jours. Le dimanche il se retourna et contempla son œuvre. Il en fut satisfait car il n'était pas bien difficile. Mêmement, après des mois de campagne, pour son premier mois d'août sur le trône, Notre Audacieux Monarque s'émerveilla des réformes qu'il avait lancées et soupira d'aise. « C'est bien », dit-il avant de partir quelques jours se reposer. Les gazetiers bourdonnèrent et se concertèrent : « Où était-il allé ? » Ils aspiraient à dénicher des photos de plage et de farniente à coucher sur du papier glacé. Le Souverain semblait s'être volatilisé et les plus rusés des enquêteurs avaient perdu sa trace. C'était inconcevable.

Deux jeunes filles admiraient Marseille en haut du belvédère qui leur découvrait la ville. Elles sentirent alors une agitation inhabituelle, tandis qu'elles pique-niquaient dans leur auto. Elles virent débouler des hommes qui ressemblaient à des policiers en civil. Il était vingt et une heures et le soleil était en train de tomber. Une femme blonde arriva, laquelle ressemblait à la Princesse Brigitte mille fois entrevue à la une de toutes les gazettes du royaume. Il s'agissait d'elle, en effet, suivie de près par un garçon en jean et en baskets. Le couple resta quelques instants à contempler le paysage avant de repartir. Les deux étudiantes confièrent l'événement à leur téléphone portable qui répandit la nouvelle. Le secret des vacances princières n'avait duré que deux jours.

Nos Majestés avaient choisi de séjourner dans la résidence du Préfet de la région, au milieu d'un quartier huppé, sur la colline ; on y pénétrait par une impasse facile à surveiller, mais proche de la plage du Prado où l'on surprit Notre Discret Monarque en tenue de jogging et maillot de l'Olympique de Marseille, un club de balle-au-pied dont il était friand. Un autre jour, ils furent repérés par des péquins en short comme ils visitaient le château de la Buzine après sa fermeture aux touristes, un endroit sacralisé par les souvenirs de M. Marcel Pagnol. Tous les notables locaux, asticotés par les micros et les calepins, convinrent que le choix de Marseille était judicieux pour l'image du Prince qui n'était pas allé au bord d'un lac américain pour milliardaire, ainsi qu'avait choisi Nicolas-le-Mauvais en début de règne, ce qui lui sera reproché sans fin. Les habitants du Sud se félicitaient de la présence des Souverains qui attireraient l'attention sur leurs problèmes nombreux.

Quoique l'accès à la résidence élue soit gardé par des vigiles renforcés de cars de police, un gazetier voleur d'images les suivit à moto et s'infiltra même dans la propriété. Le couple princier porta plainte et mesura en même temps son intense popularité, au détriment de la classe des politiques tout entière.

La Princesse Brigitte confortait la présente notoriété de Sa Majesté dont elle était à juste titre indissociable. Les recettes des magazines augmentaient dès qu'elle figurait dans leur sommaire. Les lectrices avaient besoin de romances. Cela se portait sur elle, toujours en tandem avec le Prince, sauf une fois à la une. Les anciens souverains étaient dévalués ; ils avaient contribué à la fortune des gazettes mais personne n'avait plus le cœur à les voir en ski nautique ou se promenant sur une plage dans un maillot trop large. Avec ses quarante-cinq kilos, mince comme une brindille, elle, l'unique souveraine et maîtresse du Château, donnait à rêver aux dames. Les plus jeunes disaient : « Si c'est ça, vieillir, je veux bien aller au bout de mon temps. » Les plus âgées disaient : « Elle nous venge de ces gros porcs suffisants qui tiennent des minettes par la taille ! » La Princesse jouait au mannequin pour exhiber des robes de couturiers, mais elle était disciplinée et les revues féminines décortiquaient son régime quotidien pour le prendre en modèle. Elle avait repoussé le gras et le gluten et, pour obtenir chez elle dix fruits et légumes par jour, elle concevait d'installer un potager dans le parc du Château, comme Mme Obama à la Maison Blanche. Elle se levait à l'aube et pédalait une heure sur son vélo d'appartement, puis elle marchait dans les jardins. Cette grand-mère de sept enfants tenait à sa ligne et surveillait de près son conjoint. On l'avait vue, au début de la campagne de France, empêcher le Prince de grignoter des chocolats : « Je ne veux pas, ordonna-t-elle, que tu manges des saloperies ! » Et aux assistants qui, eux, grignotaient pour se défatiguer, elle lancait, impérieuse : « Vous le paierez un jour ! » Au restaurant, elle pignochait. Au Dôme, boulevard du Montparnasse, le Prince et elle se partageaient des fruits de mer, et à la brasserie des Sports, au Touquet, ils déjeunaient sagement d'une sole grillée (sans la tête où se trouve pourtant le meilleur : les joues).

À force de la suivre de gazette en gazette, les gens comprenaient mieux les goûts et le rôle de la Princesse. Ils savaient qu'elle repoussait la blanquette et le pâté en croûte, se moquait des mille façons de décliner les restes du pot-au-feu, mais qu'elle aimait se frotter aux artistes et le faisait savoir en exposant leurs productions sur les murs du Château comme autrefois, dans les années soixante-dix de l'autre siècle, la femme du roi Pompidou, qui tenait à passer pour moderne en exposant dans ses appartements des toiles de Mathieu ou de Carzou, des barbouilleurs qu'elle affectionnait, aujourd'hui consacrés en jean-foutre de la peinture. La Princesse courait les expositions et les musées, mais avec discrétion, pour aménager son décor et vanter David Hockney ou César. Elle initia les soirées du jeudi pour ouvrir les oreilles des enfants à la musique, et puisait dans les réserves du Mobilier national des tapis contemporains. Dans son bureau du rez-de-chaussée, baptisé salon des Fougères, elle épluchait les cent cinquante lettres qu'elle recevait chaque jour sur une table moderne de la designer Matali Crasset, une planche entre deux cubes reposant sur des pieds en tréteaux métalliques. Certains soirs, la Princesse entraînait le Prince au théâtre où ils se cachaient dans une loge privée. Et puis elle recevait pêle-mêle un chanteur, le grand rabbin, des jeunes autistes.

À la fin de l'été, Notre Intrépide Potentat avait quand même perdu vingt points dans les sondages de popularité, et à ce chiffre, les spécialistes de l'opinion lui prédisaient une rentrée affreuse. Les mécontentements montaient dans tous les corps de métier où le sort des travailleurs et des chômeurs ne s'améliorait point. Emmanuel-le-Tenace avait conscience des difficultés affichées mais il maintenait son cap, que personne n'entrevoyait clairement sinon lui-même. Les réformes qu'il avait mal expliquées devaient continuer, à côté de celle du code du travail qu'il était question de dépoussiérer parce que trop complexe et gros comme un annuaire ;

il décourageait petits et grands patrons, lesquels trouvaient bien difficile de licencier les mauvaises bêtes de leurs troupeaux. Il ne fallait pas fâcher les entreprises ; si elles prospéraient, elles embauchaient, croyait-on au sommet de l'État. Le Souverain s'expliquerait devant le peuple, mais auparavant il impliqua ses ministres afin qu'ils montassent au front en première ligne. L'un d'eux se confia : « Il y a un rôle de pédagogue à mener. Durant les cent premiers jours, le Monarque Industrieux a tout porté sur ses épaules. Dès que quelque chose n'allait pas, c'est lui qui payait. » Il fallait de nouveaux visages pour affronter les énervés professionnels. Le baron de la Méluche, qui était de ceux-ci, promettait que le peuple allait déferler sur Paris ; les survivants du Parti social laminé se frottaient les mains en espérant se regonfler ; le duc de Pau, relégué dans sa ville, disait en regardant la ligne des Pyrénées : « L'opinion ne voit pas clairement la direction, le but que l'on se fixe… » François-le-Petit lui-même se réveilla pour dénigrer son successeur qui l'avait vaincu sans qu'il combattît : « Il ne faut pas demander aux Français des sacrifices qui ne sont pas utiles. » Les critiques s'associaient mais l'Ancien Monde des divisions renaissait. La droite jugeait les réformes trop timorées et la gauche reprochait à celles-ci de favoriser la précarité comme chez les Germains, et le démantèlement des syndicats ; au printemps 2016, à hurler ces blâmes néfastes, un million de personnes étaient descendues dans les rues. Transporteurs, fonctionnaires et retraités se mobilisaient, puis les étudiants auxquels on avait rogné les aides. Et si les lycéens entraient dans la danse ? Comment éviter que ces gens différents aux slogans différents se rassemblassent ? L'horizon s'assombrissait.

Ce furent les routiers qui partirent en avant. Une autoroute qui menait à Paris fut bloquée par des camions qui provoquèrent onze kilomètres de bouchons. Ils tentèrent de bloquer l'accès aux raffineries, à Caen, Lorient, Arras, Rennes. Au micro d'une radio, un secrétaire d'État assurait : « Empêcher le travail, ce n'est pas un luxe que la France peut se payer aujourd'hui ! » Les stations-service étaient approvisionnées mais les consommateurs, avec cette perspective de grève, faisaient le plein d'essence et risquaient d'assécher les pompes. Les policiers durent intervenir. On vit des batailles entre les manifestants et des policiers casqués. Des grues déplacèrent les poids lourds qui bouchaient les voies.

Au même instant, Notre Lyrique Majesté était à Athènes où il parla devant le Parthénon illuminé d'une Europe plus proche de ses populations et, le lendemain, à l'École française, il envoya un message vigoureux à ses détracteurs : « Je serai d'une détermination absolue, je ne céderai rien, ni aux fainéants, ni aux cyniques, ni aux extrêmes. » Chacun se sentit traité de fainéant et protesta vertement. « Abrutis, cyniques, fainéants, dit M. de la Méluche qui profita de l'occasion, tous dans la rue ! »

Quels étaient ces fainéants que stigmatisait Notre Turbulent Maître ? Le représentant Le Gendre, un marcheur à grande gueule, fut chargé de l'explication presque scolaire du texte : « Qui visait-il en parlant des fainéants ? Certainement pas les syndicalistes, certainement pas les travailleurs, certainement pas un groupe social identifié, mais une culture de l'inefficacité publique en France depuis vingt-cinq ans. » Et silence dans les rangs, tas de malveillants. Son Altesse évoquait seulement ses prédécesseurs qui n'avaient fait que promettre sans jamais agir, mais c'était une habitude : Nicolas-le-Mauvais envoyait le même reproche au roi Chirac qu'il traita de « roi fainéant ». Dans ses propos et quelquefois dans ses discours, Notre Loquace Seigneur avait des dérapages, calculés ou non, ou des verdeurs langagières d'un argot suranné. Dans le Pas-de-Calais, il avait ainsi déclaré : « L'alcoolisme et le tabagisme se sont peu à peu installés dans le bassin minier, tout comme l'échec scolaire. Il faut traiter cela en urgence afin de rendre le quotidien de ces gens meilleur. » Ou quand il répliqua au débotté à un syndicaliste vindicatif, à Lunel, en le foudroyant d'un œil méprisant : « Vous n'allez pas me faire peur avec votre tee-shirt. La meilleure façon de se payer un costard, c'est de travailler ! » On ne vit point sur les fenestrons cet autre qui lui rétorqua avec un accent d'indignation : « Depuis l'âge de seize ans, je travaille, monsieur. » Il y eut aussi des détournements d'image en défaveur du Prince qu'on vit un jour s'essuyer les mains après avoir serré celles des ouvriers, mais en réalité, s'il s'était essuyé les mains avec une lingette, ce fut après avoir empoigné une anguille lors d'une partie de pêche.

Notre Prolixe Technotocrate n'eut pas le temps de détailler les mécanismes souhaités de ses réformes à cause du retour des attentats. Ils étaient désormais dans notre paysage, ils en formaient le fond. Des crétins wahhabites se rappelaient à notre attention pour délivrer le Prince de ses soucis immédiats. À peine nous avait-il sorti de deux années d'état d'urgence, en fourrant la plupart de ses mesures dans une loi, qu'une alerte grave nous saisit dans le métro londonien ; les gazettes en éveil sortirent la grosse titraille : *On a entendu fire, fire !* ou *Une bombe destinée à faire d'énormes dégâts*. Ce fut un vendredi matin à l'heure où une foule d'employés en costume empruntaient le District Line qui traversait la capitale d'ouest en est en venant de Wimbledon. À la station de Parson Green, une détonation étourdit les voyageurs du dernier wagon de la rame. Les gens se précipitèrent en panique sur les quais. Ils évoquèrent une boule de feu. On releva des blessés dans la cohue. Les secours arrivèrent très vite et le quartier fut bouclé. Vingt et un estropiés se retrouvèrent à l'hôpital pour y soigner des brûlures. La police retrouva une bombe artisanale intacte : la minuterie n'avait pas fonctionné et seul un seau blanc d'où sortaient des câbles était entouré de flammes. Ce ratage fut revendiqué le soir même par l'État islamique et Buffalo Trump se moqua de Scotland Yard pour souligner l'imprévoyance européenne.

Une semaine plus tard, Marseille fut troublée par un assassin du même acabit ; quand la bombe défaillait, un couteau bien manié la remplaçait avantageusement. Deux femmes de vingt ans étaient donc tuées à l'arme blanche devant la gare Saint-Charles et les islamistes signèrent l'attaque le soir même. Au début de l'après-midi, un Algérien sans papiers, Ahmed Hanachi, sortit un couteau de cuisine de sa manche et cria *Allahou Akbar* en se jetant sur deux étudiantes prometteuses, Laura et Maurane, qui prenaient le soleil sur un banc près du grand escalier qui descendait vers la ville. La première fut touchée à la gorge et la seconde poignardée dans le dos. Des militaires en surveillance tuèrent le sanglant crétin au fusil d'assaut pendant qu'il s'acharnait sur ses victimes.

Une nuit à peine plus tard, un locataire qui avait entendu des bruits bizarres, débusqua des bombonnes de gaz dans le hall de son immeuble calme du XVIe arrondissement de Paris. Les engins avait été aspergés d'essence et reliés à un dispositif de mise à feu par téléphone. Les crapules s'étaient trompés d'adresse ; ils cherchaient à tuer un militant anti-islamiste et le confondirent avec son homonyme. Nous n'étions pas les seuls visés. À Edmonton, au Canada, un camion happait des piétons sur l'avenue Jasper, très animée un samedi soir. À Barcelone, en plein mois d'août, une camionnette blanche fonça sur les Ramblas en écrasant des touristes affolés. On ne pouvait plus flâner librement nulle part.

Des individus au psychisme chancelant se mirent alors à imiter les assassins et accrurent l'effet de terreur. Un déséquilibré menaça des passants avec une hache à Conflans-Sainte-Honorine ; on découvrit chez lui des brochures sur l'islam. Au mois d'août, la police recensa onze cas de ce genre. À Chalon-sur-Saône, un imbécile armé d'un couteau et d'une ceinture d'explosifs fictifs se réfugia dans une boutique et réclama les numéros de téléphone d'individus qui l'aideraient à financer le combat en Syrie. En fait il voulait que la police le tuât pour rejoindre aussitôt le paradis d'Allah. On nota un même mouvement suicidaire à Lyon où un tueur navrant se jeta sur une patrouille et tenta d'étrangler un militaire. Manqué ! Il fut tranquillement interpellé. Le 9 août, des policiers ont été agressés par un furieux qui braillait *Allahou Akbar*, et le lendemain par un demeuré qui ajouta : « Je suis le calife, je vais vous tuer ! » comme dans *Le Lotus bleu* où Didi le malade veut couper la tête de M. Tintin en lui expliquant qu'ainsi il découvrirait la Voie. La revendication fut plus précise dans une épicerie de Marseille : « Je vais tuer tous les juifs et tous les Arabes. » À Trouville-sur-Mer, la police arrêta un faible d'esprit qui prétendait commettre un attentat sur la plage. Tous ces agresseurs ont été hospitalisés. Un tiers d'entre eux présentait un problème psychologique gravissime.

Ces visées impulsives et barbares tentèrent beaucoup de tocards, et les pulsions d'assassinat gratuit se répandirent. Un homme en bermuda et tee-shirt, tatoué dans le cou, monta un jour dans l'autobus 355 avec son vélo ; un usager de la ligne lui fit une remarque ; il le poignarda à la carotide avant de s'en aller en laissant ses empreintes sur le vélo. Les violences aux voyageurs avaient augmenté sur le réseau des bus de 14 % en un an. Chaque matin, vous lisiez dans vos gazettes des récits de meurtres. Les foldingues étaient nos voisins. Récemment, un habitant d'Armentières avoua qu'il avait poussé dans une rivière sa grand-mère Josiane, en fauteuil roulant. Une de ses voisines de la cité de la Toile confirma : « Une fois, elle a éclaté en sanglots en me disant que son petit-fils était fou. »

L'Homme est nuisible par nature. Depuis qu'il a jailli de la mer et que ses nageoires sont devenues des pattes, il s'est cru supérieur aux autres vivants. Soucieux de montrer sa puissance, il transforma une branche cassée par la foudre en gourdin, ce qui lui permit de s'exprimer en frappant avant de parler car il mit un certain temps avant d'utiliser un langage organisé. Avec son gourdin, il tuait, puis il perfectionna ses armes pour se défendre sur un territoire qu'il délimita et qui lui appartint. Il chassait et ramenait dans sa grotte un auroch fraîchement massacré en le tirant par les pattes. Il tirait pareillement sa femelle par les cheveux et la postait devant le feu qu'elle avait la tâche d'entretenir pour cuire l'auroch du repas. Il la traitait moins bien que les singes, lesquels avaient des égards pour leurs guenons qu'ils protégeaient. M. Harvey Weinstein descendait en ligne directe de l'Homme des cavernes dont il avait retenu un goût immodéré du pouvoir et un aspect physique massif et brutal qu'il partageait au reste avec nombre de ses congénères que l'idée de civilisation laissait de glace.

M. Weinstein avait des bureaux à New York dans le quartier en vogue de Tribeca, au 375 Greenwich Street. Il présidait la société Miramax qui régnait sur le cinématographe en récoltant non plus des aurochs mais des Palmes d'Or à Cannes ou des Oscars à Hollywood, ce qui augmentait son emprise et ses caprices autant que le contenu de son coffre-fort. Son plaisir était d'intimider celles et ceux qu'il rencontrait. Il lui suffisait de montrer ses dollars et ses réussites qui l'autorisèrent, au bout d'un moment, à se prendre pour Dieu-le-Père. Ses employés vivaient sous la terreur. Dans des accès de colère, Harvey pouvait lancer un cendrier en marbre à la tête d'un collaborateur, et fermer la porte de son bureau pour boxer son frère Bob, auquel il était associé. Presque tous et toutes pliaient devant ses désirs. Au festival de Cannes il traversait le tapis rouge dans un essaim de mijaurées, pourvu qu'elles fussent jeunes et appétissantes. Si elles répondaient à ses fantasmes, elles obtenaient un rôle gratifiant. Il achetait la vie. Il nouait et dénouait à son gré les carrières. Sur la Croisette, dans son dos, de ses confrères producteurs aux grooms des palaces, on le surnommait « Le Porc ». Son entourage savait ses pratiques sauvages, ses obsessions, ses outrages, sans que rien, jamais, ne filtrât au-dehors. Il exerçait ce qu'au XVIe siècle on définissait par « droit de cuissage ». Demandez des peintures de ses parties fines à la cocaïne aux loueurs de yachts. Harvey prenait pour lui cette loi gravée avec un humour sombre par M. Orwell dans sa *République des Animaux* : « Tous les animaux sont égaux, sauf le Cochon qui est plus égal que les autres. » Le tycoon se sentait intouchable.

L'actrice Uma Thurman, qu'il avait essayé de renverser sur un canapé en se déshabillant furieusement, avoua au *New York Times* qu'elle l'avait mis en garde : « Si tu fais à d'autres ce que tu m'as fait, Harvey, tu vas ruiner ta réputation et perdre ta famille ! » Il eut tort de n'en point tenir compte. Il entretenait une troupe de rabatteurs et de complices, des avocats, des agents, des acteurs sous contrat, même des journalistes reconnaissants. Quand il repérait une jeunette qui rêvait d'être star à Hollywood, il l'invitait dans son hôtel pour discuter de son possible rôle. Là, il abusait de son pouvoir. L'actrice Lucia Stoller raconta la suite : « Il m'a obligé à lui faire une fellation. » Il exigea d'une autre qu'elle prît une douche avec lui et le massât, avant de lui fourrer sa langue entre les cuisses. Asia Argento, vedette italienne, en avait encore honte quand elle avoua plus tard : « Si j'avais été une femme forte, j'aurais shooté dans ses couilles et je me serais enfuie. » Qui osait le contrarier ? Qui voulait dire adieu au cinéma ?

Le jour fatidique arriva cependant. Une de ses proies pantelantes l'accusa soudain de viol, et son exemple inspira d'autres anciennes victimes du magnat des studios, dont certaines étaient fort connues. Il y eut une centaine d'accusations portées contre Weinstein, dont une quinzaine de viols. Les femmes n'avaient plus peur. Elles se mirent à parler. Elles se mirent *toutes* à parler. Des États-Unis, cette formidable libération se déploya sur une partie du monde. Trois semaines plus tard, le *Time* nommait trente-trois personnages publics accusés de harcèlement. Cela toucha d'abord les médias et le cinéma, où les fautifs dénoncés furent écartés des écrans et devinrent les nouveaux pestiférés. Puis le milieu politique fut atteint, avec en premier le juge ultraconservateur de l'Alabama qui espérait se présenter au Sénat avec la bénédiction de Buffalo Trump. En France, les plaintes pour violences sexuelles augmentèrent de trente pour cent, au moment où le nabab Weinstein était limogé de sa propre société et que sa compagne le quittait : il partit subir un traitement au centre The Meadows en Arizona.

En Suède, un mouvement spontané de femmes malmenées par des balourds bloqués à la Préhistoire explosa d'un coup. Quatre cent cinquante-six actrices accusèrent les prédateurs en bloc, dans un texte commun publié par le quotidien *Svenska Dagbladet* qui précisait les harcèlements subis sur les plateaux de cinématographe ou dans les coulisses des théâtres. On pouvait y recueillir des joyeusetés du genre : « Le metteur en scène était ivre et m'a ordonné de tenir son sexe quand il pissait dans l'évier. » Ou : « Il m'a suivie dans une chambre d'hôtel, poussée violemment par terre, s'est jeté sur moi et m'a tenue fort en rigolant avec un regard noir. » Plusieurs personnalités avaient été suspendues.

Cette révolution déferla sur la planète pour combattre la société patriarcale dans laquelle nous barbotions.

À Londres, un ministre fut poussé à la démission parce qu'il avait posé sa main sur le genou d'une gazetière quinze ans plus tôt. En Allemagne, la *Süddeutsche Zeitung* puis le *Stern* démontraient que les agressions étaient fréquentes au théâtre, au cinéma, dans la gastronomie de luxe et les salles de rédaction où fleurissait une grivoiserie blessante. En Espagne, des femmes se mobilisèrent pour raconter les violences subies ; le viol collectif d'une jeune fille de dix-huit ans à Pampelune déclencha une révolte dans les rues. En Italie, Asia Argento, qui avait l'une des premières dénoncé les frasques de Weinstein, fut rudement attaquée par les braves anonymes des réseaux électroniques ; elle répliqua que Silvio Berlusconi avait pendant des années favorisé l'humiliation des femmes. En Russie, dans cet État contraint, ce furent des sarcasmes et de l'indifférence ; une candidate à Miss Univers assura que de semblables pratiques étaient impensables à Moscou. En Amérique latine, célèbre pour son machisme affirmé, dans quatorze pays, les femmes redoutaient des représailles si elles ouvraient la bouche. Cependant, les deux tiers des Mexicaines de plus de quinze ans avaient subi des agressions de ce type, ce qui était possible au Brésil dès l'âge de sept ans, et deux mille huit cent treize avaient été assassinées pendant l'année écoulée. En Inde, dans les studios du Kerala, les producteurs coupables ne pouvaient même pas être traduits en justice parce qu'ils étaient considérés comme des demi-dieux. En Corée du Sud, le viol semblait une activité admise dans les entreprises mais les plaintes étaient étouffées et soixante-dix-huit pour cent des victimes se taisaient. En Chine, des militantes qui protestaient contre de tels actes dans les transports publics étaient arrêtées par la police. Dans les contrées arabes, seuls le Liban, la Tunisie et le Maroc réagirent. La vidéo d'une jeune fille bousculée et tripotée dans le bus de Casablanca par une meute d'adolescents en rut provoqua une manifestation dans plusieurs villes pour dénoncer la culture du viol.

En France, dans l'univers masculin, la vulgarité était mieux partagée que la politesse, cette vertu oubliée. Notre Rayonnant Souverain s'évertua à répéter comme un mantra que l'égalité entre les femmes et les hommes devait se réaliser, et voulut en faire la grande cause de son règne. Il espérait éradiquer cette trop ordinaire violence qui sévissait depuis des siècles. On regarda, on soupesa, on dut constater que la tâche était loin d'être achevée. Le problème était intense, injuste et profond.

Le diagnostic sembla fondé mais où trouver l'argent pour accélérer la guérison et modifier des mentalités ? À l'occasion de la journée internationale pour l'élimination de la violence à l'égard des femmes, le Prince Magistral osa un discours où il déclara son horreur et sa honte avant d'asséner une formule sentie : « La France ne doit plus être un de ces pays où les femmes ont peur. » Des mots aux choses on put mesurer la distance, mais les féministes de l'assistance applaudirent en s'interrogeant néanmoins sur les modalités d'application de ce mot d'ordre. Comment volatiliser cette domination sexiste qui perdurait depuis la plus haute antiquité ? Par l'éducation, bien entendu, en prenant le temps de modeler les nouvelles générations. Par la répression aussi, comme d'habitude. Tout cela coûtait et le budget n'était pas extensible comme du caoutchouc. Comment endiguer la violence conjugale, la pornographie qui foisonnait sur les écrans ? Il y eut une minute de silence pour les femmes battues, violées et tuées par leurs conjoints. « Nous pouvons déconstruire ce qui a été construit », asséna encore Notre Foudroyant Monarque. À la question « À quel âge un mineur peut-il consentir à une relation sexuelle avec un majeur ? » il répondit : « J'ai une préférence personnelle pour quinze ans. » C'était l'âge qu'il avait quand il croisa son destin avec celui de la baronne d'Auzière, au lycée de la Providence, à Amiens.

On s'aperçut que tous les milieux étaient touchés, on connut des excès, des délations mensongères, la résolution de quelques vengeances, et ces malheurs suivirent leur chemin en justice. Et puis, quelques mois plus tard, le *New York Times* reçut un message crypté qu'il vérifia avant de le diffuser. Nous y apprenions qu'Asia Argento, l'une des pionnières du mouvement qui renversa Weinstein, avait elle-même agressé le jeune Jimmy Bennett en Californie, dans les draps immaculés du Ritz-Carlton de Marina del Rey. Le tendre comédien, alors mineur, ne sortit pas indemne de cette dure épreuve amoureuse et réclama une somme déraisonnable pour effacer le traumatisme subi, se taire et récupérer les photos des ébats. Son avocat, un businessman comme tous les hommes de loi américains, obtint de la fautive trois cent quatre-vingt mille dollars. Asia Argento répondit par un message lapidaire que tout cela était faux. Nous traversions une époque où les vérités des faits n'existaient plus. Le faux et le vrai se concurrençaient et plus rien ne les départageait. Cette aptitude au bobard permanent qu'on devenait incapable de débrouiller n'était pas une nouveauté. Avant la Révolution française, sous les marronniers du Palais-Royal, des libellistes inventaient des fausses nouvelles nuisibles qui se propageaient dans Paris.

Notre Enfiévré Monarque se mit en quête d'un monument historique qu'il pût ajouter à sa collection pour fêter en famille ses quarante ans. L'un de ses plus anciens apôtres lui souffla le nom de Chambord, ce château de la Renaissance construit sous François Ier, lequel y passa des séjours en amenant ses meubles, sa vaisselle et ses courtisans dans un long convoi de chariots. L'endroit était biscornu, gigantesque et inchauffable. Sa Majesté, que conseillait la Princesse Brigitte, préféra dormir à la Maison des réfractaires, deux cents mètres plus loin, transformée en gîte quatre étoiles, pour la somme qu'il acquitta personnellement de huit cents euros. La forêt abritait des centaines de biches, de chevreuils et de sangliers qu'on chassait pour contenir leur population. Le Prince salua ce bienfait en clignant de l'œil au million de fusils de la Fédération des chasseurs. Il sortit en bottes de sa limousine pour se recueillir aux flambeaux sur un air martial de cors de chasse, devant les cadavres de trente sangliers alignés sur un lit de branchages. C'était une journée glaciale de décembre. Il nous gratifia en prime d'un éloge de la chasse, un atout, disait-il, pour la biodiversité. Cela fit grande impression sur les amateurs de gibier qui imaginaient déjà les animaux découpés qu'ils plongeraient plusieurs jours dans une marinade au vin rouge et aux petits oignons. Sa Majesté rejoignit Brigitte et les enfants au village, dès la fin de cette cérémonie, pour manger une crêpe.

Les chasses officielles étaient donc rouvertes après une longue mise en veilleuse par le roi Chirac. Les opposants systématiques brocardèrent la dérive monarchique du Prince qui voyait dans cette résurgence une affaire électorale et diplomatique puisqu'on pouvait y convier douze fois par an, pour une battue, d'autres souverains, des ambassadeurs ou des patrons influents, ce que firent en leur temps les fondateurs de la Ve dynastie ; Charles Ier de Gaulle invita dans les broussailles de Chambord le chancelier germain Adenauer ; le roi Pompidou y convia MM. Dassault et Élie de Rothschild pour lequel il avait auparavant travaillé ; le roi Giscard, quant à lui, y invita Juan Carlos d'Espagne qui adorait les safaris, et une poignée de roitelets d'Afrique. Foin de cette utile survivance ressuscitée, Notre Fulminant Monarque enviait en secret

François Ier d'avoir armé chevalier M. Bayard sur le champ de bataille. Comment retrouver un homme de pareille trempe ? Le Prince voulait lui aussi avoir ses héros pour incarner le temps long, de nouveaux horizons et de nouvelles conquêtes, et servir d'exemple surtout. « Nous devons renouer avec l'héroïsme politique, avait-il dit, retrouver le sens du récit historique. » Il connaissait l'impatience des peuples et entendait lui offrir des images enluminées. Ce premier hiver du règne, il dut se contenter de l'enterrement de deux illustres ; presque le même jour disparaissaient un Académicien madré et un chanteur tonitruant, comme en d'autres temps furent mises en terre les dépouilles de M. Cocteau le poète et de Mme Piaf la goualeuse. Les hommages s'empilèrent aujourd'hui de la même façon et le spectacle plaisait. Notre Souverain Malin le savait et s'adonna au rituel funèbre propre à émouvoir certains et à soulever le populaire dans un silence recueilli. M. d'Ormesson, vicomte d'ancienne facture, avait dû son succès à ses interventions bavardes sur les petits écrans, où il avait semblé s'incruster au fil des ans. Des professeurs affirmaient qu'il était le dernier à susciter l'émoi par son art de la conversation brillante, surtout cousue de citations plus ou moins appropriées. Il avait écrit des livres qui se vendaient à cause de sa réputation, et il déguisait des banalités faciles à saisir en pensées profondes. Avec ses yeux bleu piscine, à la fin de sa vie il était parvenu à ressembler à Voltaire tel que l'a sculpté M. Houdon, et il en profitait, et il accordait son comportement aux phrases pétillantes du grand homme auquel il se substitua. On lui offrit des funérailles nationales dans la cour d'honneur des Invalides. Sa Majesté sembla inspiré à la tribune et enfila un long collier de sentences pour expliquer que ce mort avait été, par ses joyeux élans, un « antidote à la grisaille des jours », et « un long été auquel pendant des décennies nous nous sommes chauffés avec gourmandise et gratitude ». Puis il déposa un crayon sur le cercueil, selon les vœux du vieil homme maintenant trépassé.

À l'époque, si vous aviez une once de célébrité, il était rarissime que vous acheviez votre misérable existence dans une fosse commune avec un chien des rues en guise d'ultime convoyeur, comme M. Mozart. À votre premier râle, les embaumeurs prenaient vos mesures. À la seconde où vous expiriez et qu'on le divulguât, l'encens tombait sur vous en épaisses vapeurs. Vous étiez soudain adulé par des gazettes qui la veille vous crachaient encore au visage. Reconnu parce que mort, vous vous transfiguriez en modèle parfait pour secouer une jeunesse paresseuse qui ignorait la grammaire et le calcul mental. Vous rejoigniez presto les vies exemplaires de nos annales.

Quand M. Hallyday expira au terme d'une bataille sans autre issue contre un cancer ravageur, il fut immédiatement porté aux nues. « Tout le pays est en deuil », exagéra Notre Prince Éploré, et la Princesse mit au point la cérémonie de samedi qui verrait rouler au pas sept cents motards en blouson et tatouages aux avant-bras pour descendre les Champs-Élysées au milieu d'une foule ouverte comme la mer Rouge. Il y eut un million de fanatiques silencieux venus en famille, car Johnny, comme ils le nommaient, les avait accompagnés par ses chansons sur plusieurs générations. Tous les âges étaient confondus, mais pas toutes les couleurs, et ces Blancs reprenaient parfois *a capella* des titres archiconnus de l'interminable carrière du rocker qui sut changer d'apparence et de musique à mesure que passaient les modes.

Devant le cercueil blanc qu'on déposa sur les marches de l'église de la Madeleine, Notre Majesté prononça une oraison funèbre sobre et courte : « Il chantait avec la même passion à Las Vegas et au Stade de France qu'à Épinal, Rodez ou Bar-le-Duc. » Bref, « il a fait entrer une part d'Amérique dans notre Panthéon national ! » Son Altesse faisait écho au discours lu il y avait quarante ans par M. Jimmy Carter devant la dépouille de M. Elvis Presley qui inspira tant notre Johnny : « La mort d'Elvis Presley prive notre pays d'une partie de lui-même. » Le Prince Prêcheur disait : « Il a traversé le temps, les époques, les générations et tout ce qui divise la société. Nous sommes un peuple uni autour d'un de ses fils prodigues. » Puis il parla en fin d'homélie de « monsieur Johnny Hallyday » et fit acclamer le nom du défunt par la foule, mais on crut qu'il prenait pour lui cette ovation profonde. À l'intérieur de l'église, le gratin de la politique et du show-biz montrait de la peine et fredonnait avec nostalgie.

Sitôt éteint cet hommage populaire dans la rue et mieux choisi à l'intérieur de l'église, on apprit que six cent mille enregistrements des anciennes chansons de M. Johnny s'étaient écoulés en peu de jours, et, pour le sanctifier mieux encore, le commerce des reliques faisait un malheur sur les réseaux électroniques. L'un de ces sites marchands proposa un mégot que l'artiste aurait lui-même écrasé sur scène au sortir d'un concert à Carcassonne, en juillet dernier ; il coûtait quatre-vingt-dix euros. Les fleurs et les rubans de condoléances abandonnés sur les marches de la Madeleine furent volés le soir même. Un disque chanté en turc et qui datait des années soixante fut vendu aux enchères pour quinze mille euros.

Il y eut d'autres cérémonies pour flatter l'étrange goût populaire du décorum. Ce fut ainsi que l'Irréductible Prince nous permit d'accompagner au Panthéon de la rue Soufflot les dépouilles de Mme Veil et de son mari Antoine, indissociables, et l'on célébra en même temps les rescapés des camps germains et la palpitante ministre qui supporta l'affront des grossiers parlementaires qui la sifflaient et claquaient leurs pupitres lorsqu'elle défendit sa loi sur l'interruption volontaire de grossesse, laquelle, aujourd'hui encore, valait d'être toujours consolidée. Le Prince avait néanmoins à l'esprit que les premiers héros qu'il traita avec révérence ne correspondaient point à la définition du dictionnaire. Il songeait à part lui aux personnages légendaires de notre Antiquité auxquels on prêtait un courage et des exploits remarquables. S'il réclamait de l'émotion et du frisson, au récit des braves prouesses, un héros devait désormais être moderne et quotidien, autrement dit immédiat. Il fallut encore patienter mais on finit par débusquer un courageux Regulus, qui tint tête aux Carthaginois et se sacrifia pour tenir sa parole. Les circonstances y aidèrent ; ce bienheureux surgit grâce aux exactions criminelles d'un crétin voué à Allah et à son paradis imaginaire.

Ce fut à Trèbes, près de Carcassonne, à 10 h 38 du matin. Un fulminant branquignol, Radouane Lakdim que ses copains surnommaient Grenouille, pénétra comme un bolide dans la supérette du village. En route, il avait déjà exécuté un homme dans sa voiture et blessé deux militaires qui faisaient un footing devant leur caserne. Il venait d'abattre un client au hasard et un employé qui lui bouchait le chemin, avant de s'emparer d'une caissière comme d'un bouclier. Quand un groupe d'intervention le mit en joue, des militaires entraînés et harnachés, un lieutenant-colonel de la gendarmerie se mêla à leur troupe. Il ne portait pas de gilet pare-balles réglementaire.

– Restez à l'abri derrière nous, lui ordonna le brigadier qui dirigeait le commando.

Pendant la négociation, laquelle s'enlisait avec le tueur borné, l'officier de gendarmerie, Arnaud Beltrame, s'avança vers le preneur d'otage en levant les mains et cria à ses collègues :

– Taisez-vous ! C'est moi qui négocie ! Cassez-vous du supermarché !

– Non colonel ! Arrêtez !

Mais l'intrépide Beltrame s'adressa directement au tueur islamiste :

– Lâchez mademoiselle ! Prenez-moi à sa place !

Il tendit son arme à l'assassin qu'il suivit dans la salle des coffres dès qu'il eut libéré son otage.

En début d'après-midi, un négociateur homologué entra en contact avec le nouveau prisonnier :

– Comment allez-vous ?

– Très bien. Vous savez qui je suis ?

Et il activa le haut-parleur de son portable pour que les palabres continuassent. Radouane Lakdim exigeait la libération du dernier voyou vivant des massacres du Bataclan. On tenta de l'amadouer en lui parlant de sa mère mais il s'en fichait.

– On est là pour mourir en martyrs ! répondit l'assaillant.

– Attaque ! Assaut ! reprit Beltrame dans son micro.

On entendit un bruit de lutte et des cris. Beltrame était touché à la gorge, tailladée par plusieurs coups de couteau, et blessé par balles. L'assaut fut donné et Radouane Lakdim abattu. Le lieutenant-colonel mourut à l'hôpital.

Notre Perspicace Monarque avait appris en étudiant l'histoire de la Rome antique que rien ne valait un héros pour souder un peuple entier autour de son geste. Ses motivations, son profil importaient peu car ne restaient plus que ses actes qu'on baptisait aussitôt admirables. Il avait sauvé la vie d'une caissière en la remplaçant au cœur du danger et cela lui avait coûté la vie. Bien sûr, une fois l'émotion retombée, certains fouillèrent avec malice son parcours et son caractère de catholique, mais qui voulait les entendre ? L'Assemblée nationale se figea dans un silence religieux pour rendre hommage au sacrifice du lieutenant-colonel Beltrame ; ensemble, les députés acclamèrent le redoutable opposant qu'était le baron de la Méluche quand il prononça son oraison, expliquant que cet homme « a assumé la primauté d'un altruisme absolu, celui qui prend pour soi la mort possible de l'autre ». Les gens qui furent interrogés dans les rues, pour la plupart bouleversés, répondaient comme ce retraité de Fronsac : « On n'a pas assez d'exemples comme celui-là aujourd'hui. Il a servi par amour de sa patrie, c'est une valeur qu'on devrait davantage enseigner. » Ou comme ce jeune informaticien de Rennes : « Ce qu'il a fait devrait tous nous inspirer, être plus solidaires, aider les autres, ne pas tourner la tête quand quelqu'un se fait agresser dans le métro... » À Carcassonne, devant sa caserne, des anonymes déposèrent des fleurs ; on vit un gendarme avec une rose à la main. Arnaud Beltrame devenait le symbole de la résistance au terrorisme. Des semaines après l'événement, sa tombe restait fleurie.

Les politiques de tous bords se pressèrent aux Invalides et se réunirent devant le cercueil couvert de tricolore qui fut décoré à titre posthume. Mort, le héros fut promu colonel. L'unité nationale prêchée par Notre Prince exista ce jour-là. Le Prince avait jusqu'au dernier moment travaillé son discours. La pluie battait les pavés de la cour d'honneur. On entendit la marche funèbre de Chopin qui remplaça un instant les tambours. Le Prince devint le père de la nation et convoqua dans son sermon un cortège d'incontestables fantômes, Jeanne d'Arc, Jean Moulin, Charles Ier de Gaulle. Sa voix grave retentissait : « Puisse l'engagement du colonel Beltrame nourrir la vocation de notre jeunesse... » Et il loua l'esprit français de résistance contre l'hydre islamiste. Cela dura vingt minutes. Les querelles pouvaient reprendre.

Notre Ardente Majesté dut poireauter jusqu'au mois de mai pour ajouter un nouveau héros à son début de collection. Ce ne fut pas un croisé de l'Occident chrétien aux prises avec des Infidèles qui agaçaient le Saint-Sépulcre, mais un homme à la peau foncée et sans papiers réguliers qui démontra aux racistes déclarés ou latents que le meilleur pouvait venir des migrants, la présente obsession des peuples européens. Mamoudou Gassama apparut au printemps, comme un symbole. Il était jeune. Il était malien. Il dormait sur un matelas du foyer Rochebrune de Montreuil, dans une pièce insalubre et surpeuplée. Pour arriver à ce paradis au rabais il avait quitté sa région de Kayes et, passant par le Burkina, le Niger, un temps retenu esclave en Libye, il s'échappa par la Méditerranée et réussit à s'arrêter en Italie ; ensuite il prit un train pour Paris où vivait son grand frère. Là, il lavait les carreaux pour des gens qui le payaient sans le déclarer. Il n'avait aucun droit et figurait en clandestin de bonne volonté.

Un samedi soir, il passait rue Marx Dormoy quand un rassemblement de badauds l'empêcha de poursuivre son chemin. Les bougres avaient le nez en l'air et regardaient la façade du 51. Ils pépiaient, ils commentaient, ils s'inquiétaient. Là-haut, au quatrième étage, un gamin se suspendait par un bras à la rambarde d'un balcon. Il risquait à chaque seconde de chuter et de s'écraser sur le macadam de la rue. Personne ne bougeait. Mamoudou se lança en bousculant des curieux inactifs. Il bondit vers l'immeuble et, à la force des poignets, grimpa jusqu'au premier palier, se rétablit, recommença à grimper, et encore. En peu de temps il arriva à l'étage où l'enfant se balançait. Un voisin, gêné par une séparation en verre dépoli, n'avait réussi qu'à le retenir par la manche, mais Mamoudou le funambule, dans un ultime effort, agrippa le marmot et le rejeta sur un balcon. Et puis il souffla à son tour. En bas, la petite foule de la rue, enfin soulagée, applaudit et cria. Un enfant dit : « Je viens de voir Spider-Man ! » Beaucoup avaient filmé en touristes et les fenestrons furent encombrés le soir même des images de l'exploit. Tous chantaient les louanges du sauveur. Le surlendemain, Mamoudou fut reçu au Château, en jeans et chemise à manches courtes où se répétaient des flamants noirs sur fond blanc. Notre Généreux Monarque le félicita et il ressortit avec un diplôme, une médaille et la promesse de papiers en règle. Il rentra chez les sapeurs pompiers de Paris. Pendant quelques jours il fut cité pour son courage exemplaire.

Les prouesses avaient la vie courte : n'importe quelle actualité aussi distrayante qu'un incendie géant en Californie ou un typhon japonais pouvait les balayer. Quant aux espérances des frères infortunés de Mamoudou, qui croupissaient dans les bas-fonds, Notre Succulent Souverain ne tint aucun compte de leur misère. Il constatait que partout en Europe les autorités traquaient les étrangers, jusqu'à la tolérante Suède qui ne les tolérait plus. Il voyait que les peuples inquiets rêvaient de frontières hermétiques et que les cajoleries populistes se diffusaient ; la pauvreté aussi. Sa Majesté entendait devenir en même temps indulgent dans ses paroles et ferme dans ses actes car il refusait que l'abondance des migrants, chassés vers notre eldorado par les guerres et les famines, nourrisse les extrémismes à gauche comme à droite, car ce clivage persistait. Ces flux migratoires, quelle plaie ! pensait-il. En revanche, il remettait le véritable débat à plus tard et profitait du vent favorable qui le poussait encore. En face des autres monarques voisins, faibles et contestés, il plastronnait en chef stable et se muait à cette faveur en maître d'une Europe moderne.

Quand, le rasoir à la main avant de se lisser le menton, Notre Prince Ébouriffant s'admirait dans la glace de son lavabo, il songeait que le terme de sa première année de règne approchait. Alors il se remémorait le chemin qu'il avait parcouru pendant ces longs mois laborieux. Il avait la baraka : l'essentiel de ses sujets lui avaient fait confiance. Même si des signes d'impatience les tourmentaient, ils croyaient que le Prince les représentait au-dehors sous une image favorable ; pour cela il avait couru plusieurs fois autour du monde où il se construisit l'image d'un ambassadeur de l'Europe, et aussi de la francophonie. Il fut partout reçu avec une aimable curiosité, à cause de sa jeunesse et de sa compagne, et lorsque la foule massée sur son passage lui tendait un enfant, il avait la sensation de posséder le pouvoir ancestral des rois qui « remettaient les écrouelles », guérissant d'un toucher du doigt. Il visita vingt-deux pays en moins d'une année, du Ghana au Niger, de la Suède à la Roumanie. Il arrivait que la Princesse Brigitte fût plus populaire que lui, et il aurait pu dire comme John Kennedy à Paris : « Je suis le type qui accompagne Jackie ! » En Chine on l'appelait Ma Ke Long, « le cheval qui dompte le dragon », mais phonétiquement cela ressemblait à notre *macaron* qui évoquait la dynastie pâtissière d'où était issue la Princesse, à Amiens. La plupart des Chinois instruits étaient fascinés par la différence d'âge des époux français, qu'ils trouvaient si romantiques puisqu'ils éprouvaient l'un pour l'autre d'authentiques sentiments. Lorsqu'elle était devenue la marraine du bébé panda né en captivité au zoo de Beauval, cette peluche animée qui charmait les enfants, la Princesse avait donné un petit discours pour souligner nos liens avec l'Empereur Xi qui tenait son peuple en dictature.

Le couple Ma Ke Long atterrit un matin de janvier à Xi'an pour y débuter les trois jours d'une visite d'État, accompagné par cinquante entrepreneurs, afin de consolider des liens personnels avec l'Empereur de Chine, et rééquilibrer nos relations commerciales. Ils furent aussitôt conduits devant l'inévitable armée de terre cuite qui gardait le prétendu mausolée de Shi Huang-ti, le Premier Empereur, laquelle datait de vingt-trois siècles. On ne la découvrit cependant qu'en 1974. « Nous sommes heureux que Votre Précieuse Grandeur les regarde face à face », sourit le guide du site. Souriait-il devant la crédulité du visiteur, parce qu'il savait la supercherie ? Comment ces soldats en terre avaient-ils survécu à une aussi longue nuit ? Ils semblaient aussi grossiers que des sculptures du réalisme socialiste, en fait ils auraient été fabriqués à la chaîne sous le règne de Mao, si l'on croit ce fin connaisseur qu'est le sinologue Jean Lévi, lequel imaginait un atelier qui ressemblait à celui que M. Hergé avait dessiné à la fin de *L'Oreille cassée*, où des ouvriers produisaient en série des fétiches arumbayas. La vraie nécropole du Premier Empereur avait été rasée après la mort de son unique héritier et il n'en resta qu'un peu de poussière. Shi Huang-ti avait une voix de chacal et un cœur de loup, il fit brûler les livres d'Histoire et expédia les lettrés sur les chantiers de la Grande Muraille. Le peuple le craignait de son vivant et le détesta après sa mort. Sa dynastie ne dura que treize années et le condottiere Knu-tsu installa pour quatre siècles la dynastie des Han.

En Chine, Notre Candide Monarque avait l'impression de marcher sur des œufs de caille. Quand il évoqua la nouvelle route de la soie qui permettrait à Pékin de s'étaler sur le globe, l'Empereur Xi prononça une phrase qui ne le rassura pas vraiment : « Nous connaissons la différence entre l'hégémonie et la suprématie. » Avant d'échanger leurs cadeaux, Notre Majesté dit d'une façon qu'il jugeait asiatique : « Le monde est une étoffe de soie fragile dont l'Europe et la Chine tiennent les deux bouts. » Les deux Honorables, ensuite, s'accordèrent sur le changement du climat qui chargeait les avenues de Pékin d'un intense brouillard ; ils oublièrent les droits de l'homme qui n'avaient pas cours sur le sol chinois et, pendant leur séjour, ne virent aucun artiste dissident.

Le tandem princier bénéficia d'un dîner de gala au palais du Peuple. Pour honorer ses hôtes, l'Empereur Xi fit jouer par l'orchestre symphonique de Pékin un air de M. Hallyday qu'écrivit M. Aznavour, *Retiens la nuit*, puis ils mangèrent avec des baguettes incrustées d'or une soupe au canard et des langoustes sautées. Le lendemain de ces festivités, dans une aube glaciale, un guide emmena Nos Majestés à la Cité interdite qu'on avait renoncé à déplacer de quarante kilomètres pour plaire aux touristes ; le guide traduisit les inscriptions du palais de l'Harmonie du Milieu : « Avec équité, gouverner à partir du centre », ce qui réjouit le Prince autant que les contrats de dix milliards signés la veille ou l'ouverture d'un centre Pompidou à Shanghai. « Ah ! le joli symbole ! » s'exclama la Princesse en regardant voleter une colombe au-dessus de leurs têtes. Ce n'était qu'une colombe factice très bien imitée, un drone déguisé en oiseau comme il y en avait des milliers dans la région pour surveiller et enregistrer les possibles déviances du peuple.

Notre Joyeux Leader enchaînait les cérémonies, les visites et les discours. Il passa six jours en Australie et en Nouvelle-Calédonie, après l'Inde, dans la chaleur et les bains de foule, afin de renforcer l'axe Paris-New Delhi-Camberra, qu'il appelait de ses vœux pour enrayer justement la domination chinoise qui, à cause de la future route de la soie, menaçait le monde. À ce même moment, à Paris, une meute d'anarchisants masqués de noir saccageaient un McDonald qui signifiait trop la domination de Buffalo Trump. Le Prince apprit ces méfaits à bord de son A340 qui atterrit sans encombre à Orly.

Notre Incandescent Monarque ne renonçait point à apprivoiser le farouche Buffalo Trump. Lorsque ce dernier, au nom de leur amitié en trompe l'œil, l'invita à Washington pour le fêter, il accepta. Pendant un mois, le Prince répéta les gestes millimétrés du protocole américain. Tout était écrit par avance. Le premier soir ils dîneraient à Mount Vernon, la maison du fondateur de la nation, George Washington, qui y plantait du cannabis. Si le temps s'y prêtait, la cérémonie privée aurait lieu sur la terrasse au bord du Potomac. Le lendemain, ils seraient accueillis à la Maison Blanche où les deux chefs fumeraient le calumet de la paix et s'entretiendraient des choses graves et désaccordées du monde. Le Prince Réticent avait accepté de porter un smoking pour le grand dîner du soir avec, derrière la tête, l'impérieuse volonté de prêcher le renouveau qu'il avait mis en chantier devant un aréopage de grands patrons également déguisés en pingouins : et s'ils investissaient chez nous ?

Pendant cette journée, on sentit parfaitement que Buffalo traitait Notre Prince comme un garçonnet, surtout lorsqu'il lui essuya d'un revers du doigt des pellicules imaginaires sur le revers de son veston, cela devant des téléspectateurs par millions. Le Prince sourit sans relever l'incorrection mais devant le Congrès qui l'avait invité à discourir, les députés applaudirent quand il prenait systématiquement le contre-pied de Buffalo Trump, montrant ainsi que leur potentat avait tout faux et s'avérait dangereux.

Le Prince avait prévu de se démarquer.

Qu'avait-il réussi, ce pachyderme arrivé au pouvoir ? Il isolait son pays et insultait sans cesse les autres dirigeants de la planète. Il bombait le torse parce que son économie semblait florissante mais il n'y était pour rien : la reprise avait démarré sous le règne précédent, et la croissance tant vantée était due à sa baisse d'impôts et à l'augmentation de la dette publique. Il faisait exploser le déficit et ses résultats à court terme, il devrait les payer à long terme ou peut-être avant. Les bas salaires valaient ceux de soixante années en arrière et, si ses relations dans la finance, des milliardaires comme lui, profitaient de la situation, ils ne réinvestissaient pas les cadeaux reçus et s'en bourraient les poches. Le Prince n'avait pas dompté la bête mais il fut obligé de faire semblant. Il avait un rôle à jouer dans ce théâtre de marionnettes.

Nos Sautillantes Majestés préférèrent l'invitation au Vatican, qu'ils avaient sollicitée. Sa Sainteté François incarnait la vertu et rabrouait les malappris qui fourraient des peuples entiers dans des cages. Il ignorait toutefois la politique menée en France et n'avait retenu que la laïcité, un mot qu'il avait du mal à définir mais qu'il sentait hostile à son commerce épiscopal. Des évêques et des cardinaux le rassuraient. Le Monarque qu'il recevrait avait accompli ses études chez les jésuites. Le pape s'éclaira.

– Votre Sainteté (Jésus ait son âme) doit savoir que le Souverain des Français s'intéresse de près à la métaphysique, lui glissa un cardinal.

– Il a même décidé de se faire baptiser à l'âge de douze ans, dit un autre cardinal avec gourmandise.

– Au collège des Bernardins, ajouta un troisième prélat, il a même appelé les catholiques à militer sans frilosité.

– Il a été ovationné par nos ouailles, Très Saint Père. Il leur avait expliqué qu'il voulait réparer le lien abîmé entre l'Église et l'État…

– *Esta bien !* trancha le pape en argentin.

Une Maserati noire se rangea dans la cour San Damaso et Nos Majestés en sortirent modestement. Lui, le Vatican l'intimidait; elle avait une stricte robe noire pour une fois en dessous des genoux et elle tenait à la main une mantille qu'elle ne portera pas. Le Prince grimpa les marches entre des gardes suisses à plumet qui lui présentaient leurs hallebardes et il se retrouva piloté par des messieurs en frac d'autrefois, passa de couloirs en salons jusqu'à la salle du petit trône d'où il se rendit dans le bureau pontifical. Le pape était joyeux. Entre jésuites, ils s'enfermèrent ensemble et bavardèrent sur le monde pendant cinquante-sept minutes, un record. Ils avaient parlé du climat dégradé, des chrétiens d'Orient malmenés, de la terrifiante vague populiste qui commençait à couvrir l'Europe, des migrants qui se noyaient par bateaux entiers puisqu'ils ne trouvaient aucune côte où aborder… Ils effleurèrent les sujets de la société qui escagassaient le Pontife, lequel avait mis à l'écart François-le-Petit à cause de cette Manif pour tous organisée naguère par des catholiques forcenés. On n'aborda point les dogmes rigides de l'Église de Rome. Ou si peu.

Au sortir de ce conciliabule, le Prince présenta au pape les membres de sa délégation, et d'abord la Princesse, en précisant qu'elle avait enseigné dans des collèges jésuites, à Paris et à Amiens. Puis vint le duc de Pau ravi d'être du voyage, et quelques autres. Vinrent les cadeaux rituels.

Le pape offrit au Prince un médaillon de saint Martin coupant son manteau au glaive pour en offrir la moitié à un misérable et, en retour, Notre Éblouissante Majesté lui fit présent d'une édition reliée en cuir vert chou, datée de 1949 et en italien, du *Journal d'un curé de campagne* de M. Bernanos que le pape jovial avait déjà lu mais qui l'enthousiasma. Ensuite, Notre Souverain Sanctifié caressa la joue papale et les deux hommes, faisant fi d'un protocole trop raide, s'embrassèrent comme des vieux camarades.

Dans l'après-midi, à Saint-Jean-de-Latran, Notre Magnifique reçut le titre de chanoine d'honneur de la basilique, selon une ancienne coutume qui remontait au roi Henri IV le glorieux converti. Dans les jardins de la villa Bonaparte, Notre Délicat Seigneur donna une conférence de presse. Il semblait ravi de la discussion car entre le Pontife et lui n'existait aucun rapport de force et le dialogue avait été libre et franc, d'une amitié profonde, presque un cours magistral de philosophie politique. On n'en sut pas davantage.

Jusque-là tout allait bien.

À domicile, la vie du Prince fut plus facile et moins contraignante qu'en voyages chronométrés. Il n'y avait aucun obstacle sur sa route. Les tentatives de le contrecarrer eurent peu d'effets pratiques et les menaces tombaient à plat. Le Prince avait la sensation de réussir là où ses prédécesseurs avaient renâclé. On vit toutefois qu'il comprenait de travers ce que lui réclamait son peuple.

– J'ai étudié la pharmacie, lui dit une jeune fille perdue dans la foule, et je ne trouve pas d'emploi !

– Du travail, il y en a. Tenez, dans ce café, là-bas, je sais qu'ils cherchent une dame-pipi. C'est un bon job, ça. Et valorisant.

Aux yeux de Notre Laborieuse Majesté, le travail primait quel qu'il fût. Qu'il fût inutile ou dégoûtant importait peu. Un chômeur heureux semblait inconcevable et il citait ces pays développés qui réglaient le problème avec des emplois sous-payés ou minuscules, comme en Allemagne, en Grande-Bretagne ou en Amérique. Qu'avait-on à faire de ces comparaisons ? Il poursuivait d'autant qu'on lui prédisait que ses réformes étaient impossibles. Son code du travail aminci et musclé devait, selon ses calculs sur le papier, relancer l'économie en facilitant les licenciements. On appelait cela de la souplesse. Soyons souples, disait-il. Le Souverain rencontra en tête à tête les acteurs de ce drame. Il leur exposa sa vision, ce qu'il nomma concertation. Le dialogue était-il allégé ? C'était pour aller plus vite.

Voit-on une mouette grelotter sous la pluie ? Jamais. L'eau glisse sur son plumage blanc. Il en était ainsi des colères populaires sur le veston du Prince. Il enchaînait les annonces, il multipliait les chantiers risqués pour assommer les contestataires sous le nombre. Il fallait cette rapidité pour que des premiers résultats se fassent sentir dans les deux années à venir.

À la foire agricole de Châlons-en-Champagne, l'abbé Philippe fut reçu par des sifflets. Des policiers syndiqués protestaient contre leur rythme de travail. Le Premier passa outre et promena sa longue carcasse dans les travées, buvant ici un rhum martiniquais, grignotant là une tartine de saucisson corse. Dans toutes les villes des manifestants défilaient en s'époumonant : « Ça suffit ! disaient-ils. On veut de la justice et pas d'austérité ! » M. de la Méluche restait alors l'opposant principal. Sur un podium parisien, il appela à envahir les rues. Le peuple devait se fédérer. Il exprimait des grognements qu'il attisait. Le feu ne prenait pas, comme si le bois était mouillé, alors il baissa les bras :

« Le Prince réussit à mettre en place ses réformes libérales et pour l'instant il a gagné le point. » Ce gigantesque tribun, lequel citait parfois des poètes en appui, avait le blues. « Ah ! pensait-il, si la jeunesse se mettait en mouvement ! »

Il y avait bien des grèves dans tous les secteurs, chez les cheminots, les éboueurs, les salariés d'Air France ou les fonctionnaires, mais chacun revendiquait pour sa crèche. L'unité de leurs luttes paraissait impossible. Un commandant d'Airbus et un ramasseur de poubelles ne vivaient pas dans le même monde. Les étudiants regimbaient, bien entendu, mais pour quelle issue ? Des facultés étaient bloquées à Paris, Toulouse, Nice, Nantes, Bordeaux, Nancy. On eut un récit violent des troubles qui eurent lieu à Montpellier. Peu avant minuit, un commando masqué déboula dans un amphithéâtre occupé dont ils agressèrent les révoltés qu'ils voulaient déloger. Derrière eux ils avaient refermé les grilles du hall et les étudiants ne purent s'échapper ; ils les tabassèrent à coups de bâton et de poing. La scène avait été filmée par une jeune fille, on y voyait clairement le doyen qui désignait leurs cibles aux cogneurs, parmi lesquels on reconnut des professeurs malgré leurs cagoules. Le doyen fut aussitôt suspendu. À l'université parisienne de Tolbiac des bagarres se déchaînèrent. Les étudiants refusaient les nouvelles modalités d'accès à l'enseignement supérieur ; elles concernaient surtout des lycéens qui ne bronchaient guère. Des fausses nouvelles appuyèrent la mobilisation. Les gazettes diffusèrent une affreuse bavure, reprise sur les réseaux électroniques par essence invérifiables. Un jeune de Tolbiac aurait été saisi à la cheville par un policier en voulant escalader un parapet et il se serait écrabouillé sur le trottoir. Comment se nommait la victime ? Dans quel hôpital ce blessé avait-il été emmené ? Aucune réponse puisque ce jeune homme était imaginaire ; quel était le malveillant à l'origine de cette rumeur ? « Et il mentira de telle façon que le vrai se mêlera au faux », écrivait Horace il y avait vingt-deux siècles en définissant le principe de la fausse nouvelle, vraisemblable mais fabriquée, qu'on croyait découvrir aujourd'hui, facilitée par les réseaux électroniques qui en démultipliaient les méfaits. On oublia vite le mensonge. Les Facultés chamboulées et saccagées furent évacuées avant la tenue des examens partiels.

Le Prince s'attaqua sans tarder aux problèmes en suspens que les autres politiques, par absence de courage, n'avaient pas résolus ; eh bien, il apportait la solution, telle était sa voracité à réformer.

Ce fut le cas de Notre-Dame-des-Landes.

L'opération était jugée fort délicate.

D'un côté, des villageois de Saint-Aignan, épuisés par les avions qui frôlaient en décollant leurs toits et leurs arbres, suppliaient qu'on construisît un nouvel aéroport loin de Nantes, en pleins champs. De l'autre, une poignée de cultivateurs renforcée par les militants écologistes refusaient qu'on bétonnât un terrain agricole. Des barbus hirsutes et farouches, des dames en bottes paysannes campaient en tribu sur les terres fertiles qu'ils protégeaient. Les uns et les autres se chamaillaient depuis cinquante ans. Qui pouvait l'emporter ?

Ce fut au Prince de choisir l'une des deux mauvaises positions. Il jugea. L'aéroport serait conservé à Nantes. Les nomades irascibles seraient expulsés, mais le travail était difficile. Ils vivaient dans un camp retranché, avec des miradors et des barricades qui délimitaient un périmètre autonome où les lois ordinaires n'existaient plus. Or, il fallait éviter les violences. Comment y parvenir ? Les assiégés avaient stocké des engins incendiaires et posé des pièges dans les bois. Le gouvernement allait engager près de deux mille hommes pour déloger ces agriculteurs illicites qui résistaient. Dès le printemps, les Indiens furent encerclés ; les Tuniques bleues, qui progressaient dans la luzerne avec des précautions infinies, détruisirent les tanières des rebelles, une à une, lentement. Il n'y eut pas de blessé grave, mais on dut amputer de sa main un Marseillais de vingt et un ans après l'explosion d'une grenade. C'était un étudiant en sciences politiques venu de Lille, un idéaliste étourdi qui avait ramassé une grenade tombée au sol avec l'intention de la récupérer. Les militants venus en visiteurs repartirent vers d'autres sites contestés ; les autres négocièrent avec la préfète leurs projets agricoles. Toutes ces aventures furent longues mais il n'y eut pas de heurts irrémédiables.

Notre Prince entêté était las de vaincre sans vrai péril, donc sans gloire. Il avait souhaité l'emporter sur des véritables combattants. Il avait besoin d'une forte résistance pour que sa volonté suprême éclatât au jour. Il saisit l'occasion que lui offrait la fronde des cheminots. Ceux-ci étaient chatouilleux et ils raffolaient des conflits, se disait-il, donnons-leur une occasion de guerroyer, la victoire n'en sera que plus réjouissante.

Notre Roublarde Altesse avait constaté que le chemin-de-fer avait maintenant mauvaise réputation, et que ce service public ne servait plus le public, ou mal. Naguère respectés pour leur ponctualité, les trains n'arrivaient plus en gare à l'horaire affiché ; une vigoureuse rafale de neige ou un début de canicule les empêchait de rouler. Incidents d'aiguillage, pannes de signalisation, ruptures de caténaire, pannes informatiques s'ajoutaient pour semer la pagaille. Le Prince profita de cette gabegie qui mettait en rogne les usagers. La stratégie de l'État et le mauvais entretien des matériels qui en découlait étaient responsables, mais il fallait rejeter la faute sur les cheminots. Il suffisait de le répéter. Le Prince profita de la situation et la tourna à son avantage.

Les cheminots bénéficiaient d'un statut qui datait d'à peu près Émile Zola et de sa bête humaine, quand ils avaient la gueule noircie au charbon. Ils y tenaient. C'est là que le Prince porta le fer et on les entendit le maudire. Toucher au statut était un crime. Ce n'était pas un point très important de la réforme, ce statut, il fallait le gonfler. À une époque de transparence dans tous les domaines, il fit répandre que la population en avait assez de ces privilèges. Le mot déclencha la foudre. Chacun croyait son voisin avantagé et le jalousait. L'astuce fit florès. La plupart des travailleurs ne ressentaient plus aucune solidarité avec les cheminots qui, enragés, lancèrent une grève de trois mois, mais perlée, c'est-à-dire que le réseau serait bloqué deux jours tous les cinq jours. La tension monta, les usagers ne pouvaient plus se rendre à leur emploi, ils s'épuisaient à ruser, ils s'agaçaient. Le guichetier de la gare Saint-Lazare auquel un monsieur acheta un billet qu'il voulait payer avec une carte, lui répondit en sortant le terminal qu'il cachait : « Ah, Monsieur ! Je ne laisse pas ce boîtier sur mon comptoir, les gens me le jettent au visage ! »

Au fil des semaines, la grève dure se ramollit, déclina, s'étiola puis le trafic ferroviaire reprit son allure et ses embarras coutumiers. Inflexible, le Prince en sortait victorieux. Une loi fut votée. Il put passer à autre chose. Son stratagème avait réussi et il en appela une nouvelle fois à l'opinion pour soutenir son action au sujet des migrants. Sa sévérité payait. Il fut sévère. Lors de son voyage chez les Burkinabés, l'hiver précédent, il avait livré son principe aux étudiants qui lui demandaient :

– Quand allez-vous ouvrir vos frontières aux migrants ?

– Je ne peux pas expliquer à mes classes moyennes, qui paient des impôts, que c'est formidable, qu'on va accueillir tout le monde. C'est ridicule. Qui va financer ça ? Vous allez nourrir le racisme et la xénophobie. Ça n'existe pas, les frontières ouvertes à tous les vents, ça ne marche pas !

Disant ces mots, il déplaisait à la générosité de la gauche et en même temps orchestrait un thème de la droite qui ne pouvait le lui reprocher. L'opinion craintive le suivait. À Calais se pressaient encore plusieurs centaines de sans-papiers, lesquels berçaient l'espoir vain de traverser la Manche jusqu'aux falaises de Douvres. Déplacés, chassés, ils revenaient. Le nombre des forces de l'ordre était désormais supérieur à celui de ces clandestins. La police menait des opérations de nettoyage, réveillait ces irréguliers fourbus, jetait dans la benne à ordures leurs affaires personnelles, ce qui provoquait la fureur des associations d'entr'aide. Pour leur part, avertis, les nouveaux débarqués cachaient leurs affaires, les enterraient comme des rats. Dans le froid et sous la pluie, les malheureux tombaient aux mains des passeurs les plus avides qui les rackettaient.

Un jeudi après-midi, près de la cahute où des bénévoles leur distribuaient des plats chauds, un Afghan sortit une arme et tira. Panique. On dénombra cinq jeunes Érythréens attaqués à coups de barre de fer. La situation se détériorait. Avec des bâtons, des pierres ou des couteaux, les immigrés s'agressaient par bandes. Les policiers continuèrent à ratisser la jungle où ils se terraient. Dans ce fouillis, on compta des brutalités et des outrances. L'ordre revint à ce prix et avec le temps. Pendant l'été qui suivit, on visionna sur les fenestrons officiels des reportages béats : ils nous montraient des vacanciers en bermuda qui redécouvraient les plages de cette cité fleurie et à nouveau souriante.

Tout souriait encore au Prince mais des nuages s'amoncelaient à l'horizon ; il n'y voyait que d'innocents cumulus. Des signes, même infimes, auraient pourtant dû l'alerter. La mauvaise humeur montait parmi ses sujets, auxquels il commençait à déplaire. Ne se moquait-il pas des improductifs qu'il taxait à cause de leur état ? Les retraités, les étudiants modestes et les chômeurs étaient dépouillés au profit des chanceux et des fortunés. L'étiquette de *Souverain des Riches*, relayée par ses oppositions, commença à lui coller au front.

Aux débats incessants qui produisirent une quarantaine de lois, les députés de la majorité princière sortirent vacillants de fatigue. Ils somnolaient dans les gradins mais n'avaient pas le droit de flancher et devaient imiter Leur Maître Insomniaque. L'un de ces représentants essaya de se défendre :

– On a quatorze mois sans vacances dans les pattes, alors tout est atteint, le corps et l'esprit, on puise dans nos réserves…

– Le rythme et l'intensité qui s'imposent aujourd'hui, cingla le Prince, s'imposeront aussi longtemps que le changement ne sera pas tangible !

Les députés marcheurs étaient entrés frais à l'Assemblée pour y montrer leur zèle et y introduire leurs coutumes de la société civile. Selon eux, ils s'installaient dans une nouvelle entreprise et bousculaient les traditions. La consommation de vin périclita à la buvette, remplacé par du Coca light. Ne supportant pas de travailler seuls devant leurs écrans, plusieurs transhumaient près de la bibliothèque pour y transporter leur manie collective ; ils y tenaient un bureau ouvert qu'ils nommaient *open space* dans leur sabir. Ils communiquaient par une messagerie cryptée pour échanger des documents ou des argumentaires. Ils furent bientôt débordés et l'intendance avait du mal à suivre. L'administration était saturée. Dans les cabinets ministériels où les réunions s'enchaînaient jusqu'à des heures tardives de la nuit, le malaise s'installa. Il fallait donner davantage en étant moins nombreux.

Des tâches incessantes mangeaient le temps des ministres, que les citoyens ne connaissaient même pas de nom. Quelques-uns eurent droit à une courte notoriété dans les gazettes, mais c'était déjà trop, et ils disparurent dans l'oubli après un tour de piste. Le pays semblait manœuvré par un équipage de fantômes, lequel peuplait les soutes à l'abri des regards.

Le Prince était seul.

Comme pendant son enfance, il n'avait pas d'amis, seulement une poignée de fidèles, un troupeau de courtisans et une armée qu'il épuisait. Il chercha dès lors avec une maladresse croissante à renouer une espèce de sympathie en serrant des anonymes main tendue. Le peuple lui reprocha bientôt des voisinages mesurés et factices par un mouvement de grogne sourde, d'abord contenu, ensuite continu. Les gens se mirent à lui reprocher les moindres aspects de son comportement ; les oppositions, qui prirent l'occasion pour se redonner du tonus, firent courir à son endroit le qualificatif d'*arrogant* que les gazettes, à court d'idées, utilisèrent mille fois. Tout fut bon pour alimenter cette arrogance subite, et la moindre anecdote, enfilée avec d'autres, contribua à dessiner une image désastreuse ou ridicule.

Un jour qu'il travaillait dans le Salon Vert du Château, en bras de chemise et décontracté, filmé par ses services de propagande désireux de l'humaniser, il lâcha au détour d'une discussion avec ses conseillers que les aides sociales coûtaient un *pognon de dingue* pour de piètres résultats... Isolée, l'expression *pognon de dingue* tourna en boucle sur les écrans pour nuire à Son Impudente Majesté. Une autre fois, lors de la fête de la Musique, le couple princier posa à côté d'un animateur de soirées dansantes, Kiddy Smile, et de danseurs électros aux perruques de folles et corsages en résille, ce qui provoqua aussitôt les cris des puritains au nom de la moralité. Une autre fois encore, dans le Salon des Ambassadeurs, le Noble Souverain décora le dernier des Compagnons de la Libération, le très vieux M. Cordier qui portait une cravate à fleurs et des chaussettes framboise. Juste avant la fin du discours solennel qui louait la jeunesse héroïque des années quarante, un téléphone sonna dans la poche du récipiendaire. Notre Compatissant Monarque pardonna au vieillard farceur de quatre-vingt-dix-sept ans et s'esquiva dans la foulée au mont Valérien où l'attendait une autre cérémonie pour célébrer l'appel de Charles Ier de Gaulle contre les envahisseurs hitlériens. À l'issue des habituels flonflons et parlotes, s'ensuivit un bain de foule. Sur son parcours, le Prince entendit siffler les notes séditieuses de *L'Internationale* qui, elle, évoquait le massacre de la Commune par les Versaillais de M. Thiers. Le Prince stoppa sa maraude et avisa un jeune homme à frange qui lui avait lancé un « Ça va, Manu ? » Le Prince le regarda sèchement et lui répondit sans ciller : « Tu m'appelles Sire, ou Monsieur... » Parce que l'impertinent, interdit, se taisait, le Prince le chapitra : « Tu es dans une cérémonie officielle et tu te comportes comme il faut ! Aujourd'hui, c'est *La Marseillaise* ou *Le Chant des partisans* ! » Le Prince allait s'éloigner pour attraper au vol d'autres bras qui se tendaient vers lui, mais il se ravisa et poursuivit son sermon : « Le jour où tu veux faire la révolution, tu apprends d'abord à obtenir un diplôme, d'accord ? À ce moment-là, tu pourras donner des leçons aux autres. » Le jeune révolté sans diplôme baissa le nez, confus et sans voix. Le Prince voulait redonner du lustre à sa fonction, que ses prédécesseurs avaient banalisée, et il ne supportait plus les familiarités en plein cérémonial. L'altercation fut partout reproduite, jusque chez les Grands-Bretons ou sur le fenestron *ABC news* au pays des cow-boys. Là encore les gazetiers avaient omis la fin de cette conversation :

– Tu es en classe de troisième ?

– J'vous l'ai dit, M'sieur, répondit le garçon penaud.

– Eh bien passe ton brevet et réussis-le avec mention.

– Pourquoi la mention, M'sieur ?

– Il faut montrer ce dont tu es capable, aller le plus loin possible.

Le Prince soignait ainsi son obsession en poussant un jeune homme à la compétition, transformant une altercation en conseil paternel. Ses détracteurs ordinaires changèrent la sollicitude en suffisance.

La Princesse participa au provisoire déclin du Prince dans l'opinion, laquelle ne s'indigna même plus quand elle se débattit contre des escrocs. La brigade de la délinquance astucieuse traquait des filous qui s'étaient fait passer pour elle afin d'obtenir des traitements de faveur dans des palaces ou des restaurants étoilés, ou même pour s'inviter à un Grand Prix de Formule 1 en Autriche. Puis on vit sa photo souriante et maquillée dans une brochure de *Beauty and Truth* qui la présentait comme la marraine d'un produit anti-rides. Des dames naïves et flouées lui écrivirent pour se plaindre de cette arnaque, car il n'y avait dans cette réclame rien de gratuit et on leur ponctionnait leur compte en banque malgré elles ; elles s'étaient retrouvées abonnées aux services d'une société douteuse dont la boîte à lettres était installée à Chypre…

Le moindre écart du couple princier prenait désormais des dimensions. Les gazettes répandirent que la Princesse avait commandé pour le Château au moins cinq cent mille euros de vaisselle à la Manufacture de Sèvres, des piles d'assiettes « bleu Élysée » que financaient les subventions de l'État. Cela tombait mal au moment où les ministres rognaient sur l'argent des pauvres gens. Puis ce fut l'affaire de la piscine qui réveilla l'ardeur des opposants. Nos Majestés avaient choisi de partir pour de courtes vacances au fort de Brégançon, la demeure officielle où Charles Ier de Gaulle lutta une nuit contre les moustiques dans un lit trop étroit. « Ils peuvent descendre le rocher jusqu'à la mer ! » glapirent des vertueux. Oui et non. La mer était en été envahie par les pneumatiques des photographes indiscrets, et il fallait mobiliser des gendarmes pour s'en préserver. La piscine démontable qu'on devait poser dans la cour du fort, à l'abri des regards, coûtait moins cher que cette nécessaire surveillance. Rien n'y fit, et l'image de Sa Majesté en profiteur perdura.

« Broutilles ! dit le Prince, glissons sur ces critiques malpropres ! » Il y avait en effet d'autres problèmes plus graves à résoudre, qu'il abandonnait au gouvernement. Les scandales fleurissaient, celui des maisons de repos final où l'on traitait les vieux comme des paquets, celui des universités sans le sou, des hôpitaux débordés de malades... Et puis, avouons-le, la météorologie n'aidait point à établir un climat confiant et serein. On ne parlait avant cet été-là que de glissements de terrain, d'autoroutes coupées, des trombes de pluie qui dévastaient villes et campagnes ; les routes ressemblaient à des rivières, l'électricité était coupée çà et là. En Gironde, dans les Vosges, en Charente-Maritime on luttait contre l'eau.

Que les intempéries sauvages comme les humeurs trop vives des hommes vous conduisent, Sire, devant une bibliothèque bien fournie. Tirez de ses rayons un volume du très latin M. Montaigne, lequel songeait à nous en s'auscultant lui-même. Parcourez le livre. Tiens ! arrêtez-vous à cette phrase et méditez : « Si Votre Majesté monte sur des échasses pour voir le monde de haut, elle avance de toute façon grâce à ses jambes, et sur le trône le plus élevé, on n'est jamais assis que sur son cul. »

Entracte

Le rideau se ferme momentanément sur cette première partie du règne d'Emmanuel le Magnifique, qui décrit son ascension, son installation au Château et la bienveillance dont il fut gratifié. Elle sera suivie d'une deuxième partie pour l'heure intitulée *Le temps des orages* où, je l'espère, figureront enfin à ses côtés des figures nouvelles, jusque-là en retrait, dont je pourrai étoffer les portraits. Hélas ! pendant sa première année de règne, le Prince fut seul visible ; on ne put rire des courbettes de ses courtisans, ni frémir aux clameurs de ses sujets. Attendons la suite avec impatience.

Les orages finirent par éclater.

Table

Cet ouvrage a été imprimé par
CPI BRODARD ET TAUPIN
pour le compte des Éditions Grasset
en janvier 2019

Composition réalisée par Belle Page

Grasset s'engage pour l'environnement en réduisant l'empreinte carbone de ses livres. Celle de cet exemplaire est de :
600 g Éq. CO_2
Rendez-vous sur www.grasset-durable.fr

PAPIER À BASE DE FIBRES CERTIFIÉES

N° d'édition : 20836 – N° d'impression : 3032513
Dépôt légal : janvier 2019
Imprimé en France